Nicki Bennett

Le baron du bétail et son cavalier

DREAMSPUN DESIRES

PUBLISHED BY

DREAMSPINNER PRESS

Publié par
DREAMSPINNER PRESS

5032 CAPITAL CIRCLE SW, SUITE 2, PMB# 279, TALLAHASSEE, FL
32305-7886 USA
www.dreamspinnerpress.com

Le baron du bétail et son cavalier
Copyright de l'édition française © 2017 Dreamspinner Press.
Titre original : The Cattle Baron's Bogus Boyfriend
© 2016 Nicki Bennett.
Première édition : mai 2016
Traduit de l'anglais par Cassie Black.

Illustration de la couverture :
© 2016 Paul Richmond.
http://www.paulrichmond.com
Les éléments de la couverture ne sont utilisés qu'à des fins d'illustration et toute personne qui y est représentée est un modèle

Édition e-book en français : 978-1-63533-602-3
Édition imprimée en français : 978-1-63533-601-6
Première édition française : mars 2017
v 1.0

Édité aux Etats-Unis d'Amérique.

**— Je n'étais pas sûre que tu viendrais, dit
Eloise avec une note accusatrice dans la voix.**

Son regard passa froidement sur Jonah comme s'il
n'était rien.

— Tu te souviens de l'ami de ton père, Franklin
Meredith ?

Linc fit un signe de la tête à l'homme.

— Franklin, mon beau-fils Lincoln et son… invité…
Jonah Hollis.

Jonah serra la main de Franklin.

— Ravi de vous rencontrer, Monsieur.

— Je parlais justement avec Melissa, fit remarquer
Eloise comme si le jeune homme n'avait pas parlé.
Elle est ravissante, comme toujours. Bien trop gentille
pour ce malappris de John Maxwell.

Jonah suivit son regard jusqu'à l'endroit où Melissa se
tenait, dans la pièce voisine, ses cheveux blonds libres
sur ses épaules et une robe noire moulante avec un col
en V profond retenu par un ruban. Quand elle prit soin
de leur tourner ostensiblement le dos, Jonah vit qu'elle
était échancrée là aussi.

— C'était généreux d'inviter ton assistant, continua
Eloise. Je suis certaine qu'une opportunité pareille ne
s'est jamais présentée pour lui.

Alors qu'elle grandissait à Chicago, **NICKI BENNETT** passait tous ses samedis à la bibliothèque, à se perdre dans le monde des livres. Lectrice vorace, elle a finalement réalisé qu'il était difficile de trouver suffisamment d'histoires comme elle les aime, elle a donc décidé de les écrire seule.

Pour le groupe du 44 1/2 (vous vous reconnaîtrez),
qui m'a convaincue d'écrire cette histoire ;
pour Ariel et ses encouragements constants ;
et pour Damon, qui m'a aidée à trouver le titre parfait.

Chapitre un

— **JE** me fiche qu'il soit occupé ! Je veux lui parler tout de suite !

Jonah Hollis ravala un soupir.

— Je suis désolé, Mademoiselle Cutler, mais je ne peux pas déranger Monsieur Courtwright quand il est en rendez-vous.

Et vous devriez le savoir depuis le temps, ajouta-t-il pour lui-même. *Ça fait six mois que vous sortez ensemble.*

— S'il savait que c'est la cinquième fois que j'appelle, il voudrait que vous me laissiez lui parler !

C'était en fait la sixième fois, mais Jonah n'allait pas s'amuser à le lui dire. Il n'allait pas non plus s'amuser à interrompre une réunion de son patron, qu'importe à quel point celle-ci dépassait le temps

initialement prévu. Lincoln Courtwright possédait le
ranch Broken Spoke – ainsi que les explorations de
pétrole et de gaz naturel qui s'y trouvaient. Jonah était
peut-être son assistant administratif depuis à peine plus
longtemps qu'elle ne sortait avec Lincoln, mais il savait
à quel point il détestait être interrompu, surtout quand
il négociait un nouveau contrat d'exploitation pour
le gaz. Jonah n'allait pas prendre le risque de perdre
son travail pour quoi que ce soit, et surtout pas pour la
petite amie acariâtre de son patron. *Impossible qu'elle
lui parle comme ça, sinon il ne serait plus avec elle.
J'imagine qu'un simple secrétaire ne mérite pas la
même politesse qu'un millionnaire.*

    — Je peux vous assurer que je lui transmettrai
votre message dès que la réunion sera terminée, dit-il
dans une voix qu'il espérait apaisante.

    Apparemment pas assez.

    — Peut-être que je n'ai pas été assez claire. Je dois
lui parler *tout de suite* !

    Jonah aurait souhaité avoir un vieux combiné
comme celui que l'on trouvait chez ses parents sur
la ferme, plutôt que ce casque sans fil qu'il portait,
parce qu'il aurait pu l'éloigner de son oreille pendant
que Melissa continuait de crier. Elle avait des raisons
d'être contrariée, admit-il dans une tentative de garder
son calme. Le rendez-vous de M. Courtwright avec
les potentiels nouveaux foreurs avait déjà dépassé
l'heure prévue depuis quatre-vingt-dix minutes. *C'est
une bonne chose que je n'ai pas cours ce soir*, pensa-
t-il quand il vérifia l'heure sur son écran d'ordinateur.
*Déjà dix-huit heures trente passées. Je ne serais jamais
arrivé à l'heure. J'espère que ça signifie que les
négociations se déroulent bien.*

    Quand Melissa sembla se détendre, il reprit :

— Je pense que ce ne sera plus très long, Mademoiselle Cutler. Je vous promets de lui dire à quel point il est urgent qu'il vous rappelle dès qu'il sera disponible.

— Ne vous fatiguez pas, répondit-elle avec mépris. J'avais une réservation pour dix-neuf heures au Five Sixty, pour fêter ma victoire au rodéo de Tunica, mais il ne sera jamais prêt à temps, et je dois partir ce soir pour Tulsa.

Melissa était l'étoile montante du barrel racing au sein de l'Association Professionnelle de Rodéo Féminin, et Jonah savait par expérience qu'il pouvait être difficile de coordonner leurs emplois du temps respectifs, entre ses voyages et le temps que son patron partageait entre le bureau de Dallas et le ranch. Grâce à son colocataire, Wes, un fin gourmet, Jonah savait que le Five Sixty était le nouveau restaurant que Wolfgang Puck avait ouvert au sommet de la tour de la Réunion. Il offrait de la cuisine asiatique ainsi qu'une vue plongeante sur Dallas depuis ses cent soixante et onze mètres au-dessus du sol. C'était également l'un des restaurants les plus chers de la ville.

— Je sais qu'il sera navré d'avoir raté ça, dit-il avec une compassion sincère.

— Il sera navré de rater autre chose s'il ne fait pas attention, rétorqua-t-elle avant de raccrocher.

Jonah retira son casque et se courba pour étirer son dos. Il avait fini sa journée plus d'une heure plus tôt, mais il n'aimait pas quitter le bureau quand M. Courtwright était toujours en réunion, car il pouvait avoir besoin de quelque chose une fois celle-ci terminée. Il arrangeait les papiers sur son bureau quand la porte du bureau intérieur s'ouvrit enfin et que son patron en sortit, accompagnant deux hommes en costume qui semblaient très mécontents.

Pendant un rapide instant, Jonah s'accorda le droit d'admirer le contraste entre les deux représentants en costume-cravate et le style décontracté de son patron. M. Courtwright portait un jean et une chemise blanche toute simple, manches relevées sur ses avant-bras musclés, saupoudrés de poils fauves et légèrement hirsutes qui rappelaient un peu les cheveux effleurant son col. *Il faudra lui organiser un rendez-vous chez le coiffeur*, songea Jonah pendant que son patron raccompagnait les deux hommes à la porte.

— Êtes-vous certain de ne pas vouloir y réfléchir encore ? demanda l'un d'eux.

— Qu'est-ce que vous ne comprenez pas dans « sûrement pas » ? grogna M. Courtwright. Je refuse d'avoir une fracturation hydraulique sur mes terres. Je me fiche de savoir que je n'aurais plus jamais à pomper un autre kilomètre cube de gaz du sol grâce à ça. Maintenant, partez d'ici, et dites à votre patron de ne plus perdre de temps à me contacter.

Jonah avait le sentiment qu'il aurait claqué l'épaisse porte en verre donnant sur l'arrière du bureau s'il l'avait pu.

Quand ils furent dans le couloir menant aux ascenseurs, M. Courtwright se tourna, passa les mains dans ses cheveux et sembla surpris de voir Jonah.

— Pourquoi es-tu toujours ici, Jonah ? Je ne t'aurais jamais demandé de rester jusqu'à ce que j'en ai fini avec ces idiots.

Et c'était pour ça que Jonah était un peu amoureux de Lincoln Courtwright. Non seulement cet homme était beau à damner un saint, avec son corps fin et musclé qui démontrait son rôle actif dans les tâches quotidiennes de son ranch d'exploitation bovine, mais en plus, il se préoccupait sincèrement de ses employés.

— Mademoiselle Cutler a appelé plusieurs fois, et j'ai promis de vous transmettre les messages.

— Oh, bon sang, j'avais oublié qu'elle voulait qu'on dîne ensemble ce soir. A-t-elle dit où ?

— Elle a mentionné une réservation au Five Sixty, mais c'était pour dix-neuf heures.

Jonah regarda l'heure sur son ordinateur pendant que M. Courtwright regardait sa montre et grognait.

— Je crois que je suis à nouveau tombé en disgrâce. Quoique si je voulais vraiment tourner sur moi-même pendant que je mange, je me prendrais une saucisse sur bâtonnet et je ferais un tour de Grande Roue à la fête foraine.

Jonah ravala un gloussement peu professionnel.

— J'imagine que je devrais la rappeler et m'excuser.

— Elle a dit qu'elle devait partir ce soir pour un rodéo à Tulsa demain, ajouta Jonah.

— Je suis dans la mouise, pas vrai ?

M. Courtwright passa à nouveau une main dans ses cheveux.

— Fais-lui envoyer une douzaine de roses… mieux encore, deux douzaines de roses. Et prends-lui un de ces bracelets Tennis en diamant qu'elle aime. Elle a vraiment apprécié celui que tu lui as choisi pour son anniversaire.

— Oui, Monsieur.

La carte de crédit de l'entreprise qu'il utilisait pour les achats du bureau allait en souffrir, mais il ne pouvait pas vraiment être jaloux des cadeaux d'excuse de son patron pour Melissa.

— Qu'est-ce que je t'ai déjà dit sur le fait de me vouvoyer et de m'appeler « Monsieur » ? On n'est pas à l'armée.

— Oui, Monsieur Courtwright, se corrigea Jonah.

Son patron fronça les sourcils. Il avait déjà demandé plusieurs fois à Jonah de le tutoyer et de l'appeler Linc, mais il n'arrivait pas à être aussi familier, pas quand il risquait de dévoiler à quel point il souhaitait être bien plus familier que ça.

— J'ai hâte de passer un long week-end au ranch, continua M. Courtwright. Si je ne peux pas frapper les idiots comme ces deux-là, je ferais tout aussi bien de frapper du bétail à la place.

Il secoua la tête.

— Après les études récentes qui montrent un lien entre les fracturations hydrauliques et l'augmentation des tremblements de terre autour de Dallas, ils essaient encore de me convaincre que ce ne sont que des coïncidences. Et que je ne devrais de toute façon pas m'en préoccuper, puisque ça m'apporterait plus de profits. Et à eux aussi, bien entendu.

Il partagea un sourire attristé avec Jonah.

— Ne prends plus aucun de leurs appels, et jette un coup d'œil aux autres firmes qui ont envoyé leurs propositions. Vois s'ils font le forage et quelles méthodes ils utilisent. Je ne veux plus perdre mon temps avec des compagnies qui pensent que les fracturations hydrauliques sont la seule solution.

Jonah prit une note sur son bloc-notes.

— Et cherche si tu peux trouver un nouveau fournisseur de foin bio. Le bétail se contente bien de l'herbe pour le moment, surtout avec toute la pluie qu'on a eue au printemps, mais ça veut dire que les semailles des cultures ont été repoussées, et notre fournisseur habituel ne pourra peut-être pas satisfaire tous nos besoins de l'hiver. Je préférerais trouver une nouvelle source maintenant, plutôt que de devoir me précipiter en automne et de payer probablement plus parce que tout le monde fait pareil.

Jonah ajouta une autre note. Depuis que Linc avait repris Broken Spoke après la mort de son père, il avait tourné l'exploitation bovine vers des méthodes naturelles, sans produits chimiques, à base d'herbes, qui coûtaient plus que les méthodes traditionnelles, mais qui lui permettaient d'augmenter ses prix pour son bœuf bio. La dernière fois qu'il était rentré chez lui, à Oktaha, Jonah avait suggéré à son père de passer à des méthodes bio pour sa ferme, où il faisait pousser du foin pour les ranchs locaux. Il y avait une demande en hausse pour la nourriture bio, mais son père était long à accepter le changement, et puisque ses relations avec ses parents étaient devenues tendues depuis qu'il avait fait son coming-out – autant auprès d'eux que de toute la ville –, il n'avait pas insisté.

— Je vais m'occuper de ça, lui assura Jonah en se tournant vers son ordinateur.

— Je ne parlais pas de le faire tout de suite ! Ça peut attendre demain. Viens, je vais te raccompagner au parking.

Même s'il était très tenté, Jonah secoua la tête.

— Merci, mais je veux m'occuper de Melissa ce soir.

Le fait qu'il ait un béguin sans espoir pour son patron ne voulait pas dire qu'il devait mettre la relation de Linc avec sa petite amie en péril.

— De plus, j'ai promis à mon colocataire que je le retrouverais tard pour dîner, quand il aura quitté son travail, alors je ne suis pas pressé.

C'était un petit mensonge : Wes était serveur et barman au Prism, un restaurant situé non loin de l'endroit où ils vivaient, et avait offert une invitation ouverte à Jonah pour qu'il vienne dîner n'importe quel soir où il le pourrait. Jusque là, le jeune homme ne s'était pas senti à l'aide à l'idée de profiter de la générosité de son ami, à qui il devait déjà tellement. Pourtant, ce serait une très bonne excuse pour ne pas partir avec Linc.

— Tu prends vraiment soin de moi.

Linc sourit et Jonah fondit un peu plus de l'intérieur. Il ferait tout ce qui était en son pouvoir pour gagner d'autres sourires de ce style.

— Ne reste pas trop tard.

— Non, M. Courtwright. Rentrez bien au ranch. Ne laissez pas votre camionnette lâcher en plein voyage.

Jonah récolta un grand éclat de rire. Il avait été choqué d'apprendre que son patron, qui pouvait s'offrir toutes les voitures de luxe possible, préférait conduire sa vieille camionnette Ford F-150 cabossée. Jonah avait lui-même un véhicule de ce style – c'était la voiture de la ferme jusqu'à ce que son père la remplace pour un modèle plus récent, quand Jonah avait terminé le lycée –, mais celle de Linc avait encore plus de kilomètres au compteur.

— Promis. Conduis prudemment toi aussi.

Le trajet de Jonah était bien plus court, il ne lui fallait pas plus de vingt minutes pour aller du centre-ville à la maison de ville que Wes et lui partageaient, avec deux autres amis, dans le district éclectique de Bishop Arts. Broken Spoke, en revanche, se trouvait à deux bonnes heures, voire plus, à l'ouest de Dallas. Linc avait un appartement dans le Design District, qu'il utilisait les nuits où il restait en ville pour les affaires, mais il passait le plus clair de son temps à travailler dans son ranch.

— Promis, merci. Bonne nuit, M. Courtwright.

— Bonne nuit, Jonah.

Une fois son patron parti, Jonah reporta son attention sur son écran d'ordinateur. Commander deux douzaines de roses était facile. Il chercha le site Internet du rodéo et trouva l'hôtel qui les accueillait, puis il passa un rapide appel pour confirmer que Melissa y serait bien. Il s'arrangea pour que les roses y soient livrées, afin qu'elle n'ait pas à attendre de rentrer à la maison le lundi pour trouver les excuses de Linc, écrites par Jonah. Choisir un bracelet prit un peu plus de temps. Melissa était grande et fine, avec de longs cheveux blonds et des yeux bleus. Il était facile de voir ce que Linc lui trouvait, et quand elle ne lui criait pas dessus au téléphone, Jonah devait admettre qu'elle était plutôt gentille. Elle n'avait simplement aucune indulgence pour Linc et le temps dont il avait besoin pour gérer ses deux entreprises comme il le fallait, tout en se souciant de l'environnement autant que du profit que cela pourrait rapporter.

Le ventre de Jonah gronda, détournant ses pensées de son patron et le ramenant sur le problème actuel. Après s'être décidé sur un bracelet fin avec des saphirs, qui coûtait plus cher que son loyer mensuel, il fit livrer la commande à l'adresse de Melissa et éteignit son ordinateur pour la nuit. Il ferma la porte du bureau à clef et se dirigea vers le parking sous-terrain pour prendre sa camionnette. Peut-être qu'il s'arrêterait pour manger quelque chose au Prism, après tout. Il aurait juste à convaincre Wes de le laisser payer.

Chapitre deux

JONAH dut faire deux fois le tour du pâté de maisons pour trouver une place qui ne soit pas trop loin du Prism. Le restaurant avait transformé son petit parking en patio et, même dans la chaleur d'une soirée de fin août à Dallas, les tables placées sous un auvent en toile, avec des lumières clignotantes et rafraîchies par des brumisateurs, étaient chargées de monde. Jonah y voyait là un bon signe, vu ce que Wes lui avait raconté : beaucoup de petits restaurants ne survivaient pas plus de six mois. Le Prism avait presque un an maintenant, et il semblait avoir trouvé sa place, avec son menu éclectique basé sur des ressources locales et des ingrédients de saison.

L'hôtesse lui fit un signe de la tête quand il entra et désigna le bar, où il put voir Wes derrière le comptoir fait de deux vieilles portes en bois. Il slaloma entre les tables et prit un tabouret libre avant d'attendre que Wes ait fini de servir le client dont il s'occupait, puis lui adressa un petit signe pour annoncer sa présence.

— Tu sors à peine du travail ? demanda Wes.

Le bar était assez petit pour qu'il puisse préparer les commandes tout en discutant avec Jonah.

— Qu'est-ce que cet esclavagiste qui te sert de patron t'a fait faire pour te retenir aussi tard ?

— Monsieur Courtwright n'est pas un esclavagiste ! protesta immédiatement Jonah. Il ne m'a pas demandé de rester tard, et quand il est sorti de sa réunion, il m'a dit que je n'aurais pas dû rester.

Ce n'était pas comme s'il avait des choses importantes à faire, se disait Jonah, à part ces deux nuits par semaine où il prenait des cours de commerce à l'université d'El Centro.

Wes porta la boisson qu'il venait de préparer de l'autre côté du bar et commença un nouveau mélange avant de répondre.

— Alors pourquoi tu es resté, dans ce cas ? Je sais que tu craques pour lui, mais s'il était en réunion, tu n'as même pas pu passer du temps avec lui.

Jonah rougit, mais avant qu'il puisse nier, Wes agita un doigt sous son nez.

— Et n'essaie pas de me dire que tu ne craques pas pour lui. J'ai passé trop de nuits à t'écouter dire « Monsieur Courtwright ceci » et « Monsieur Courtwright cela ». J'apprécie également le type pour qui je travaille, mais je ne parle pas de lui en permanence.

— Ça n'a aucune importance qu'il me plaise, marmonna Jonah. Il est hétéro. Je suis resté tard pour commander des cadeaux pour sa petite amie, pour qu'il se fasse pardonner d'avoir raté son dîner avec elle parce qu'il travaillait tard.

— Tu dois l'oublier et sortir avec Aidan, Sammy et moi demain soir, déclara Wes avant de déposer la boisson qu'il préparait devant Jonah. Goûte ça et dis-moi ce que tu en penses.

— Tu sais que je ne bois pas beaucoup, répondit Jonah. Je n'aime pas vraiment l'alcool.

— C'est pour ça que tu es le testeur parfait, répliqua Wes. Si tu aimes, je saurai que c'est gagné.

Jonah prit le verre rempli d'un liquide glacé et le sentit. Il pouvait humer le parfum du citron, avec une pointe de quelque chose, mais il ignorait ce dont il s'agissait.

— C'est à quoi ?

— J'expérimente quelques préparations à base de vodka. Celle-ci est au basilic avec du jus de citron et une pointe de jus de pamplemousse, arrosé d'eau pétillante. Qu'en penses-tu ?

Jonah prit une petite gorgée, puis une plus grande.

— J'aime bien. C'est acide et rafraîchissant, surtout pour une nuit aussi chaude que ce soir.

— Génial ! Si Monsieur Stefanotis aime, peut-être qu'il l'ajoutera à la carte, dit Wes avec un large sourire. Ce n'est pas comme si j'étais aux cuisines, mais c'est un bon début.

Jonah lui rendit son sourire. Wes Paterson ne ressemblait pas à l'idée que l'on se faisait d'un chef. Ses cheveux coiffés en pointes étaient teints dans un bleu profond, il changeait de couleur chaque mois environ – Jonah ne se rappelait pas avoir vu sa couleur naturelle depuis un an et demi qu'ils vivaient ensemble. Il portait une chemise colorée et fleurie qui ne masquait pas les tatouages sur son bras, et ses deux oreilles et un de ses sourcils affichaient des piercings. Malgré son apparence, il était le meilleur cuisinier que Jonah connaissait, même meilleur que sa mère, ce qui voulait tout dire. Il était également la personne la plus gentille que Jonah connaissait, hormis peut-être sa meilleure amie, Caylee, qui vivait encore à Oktaha. Il n'y avait pas beaucoup de personnes qui prendraient un étranger sous leur aile comme Wes l'avait fait quand Jonah était arrivé à Dallas.

— Alors, qu'y a-t-il à dîner ce soir ? demanda Jonah.

Il se tourna pour regarder vers la porte d'entrée, où se trouvait le tableau affichant le seul menu du restaurant. Bien que quelques plats, comme les macaronis au fromage et aux trois poivres et le poulet frit, soient classiques, le reste du menu dépendait des produits frais du jour et de ce que Manny, le cuisinier en chef, avait envie de faire pour la journée.

— Aidan chante les louanges des tacos au bœuf et Sammy du risotto champignons quinoa.

Aidan Jacobs et Samuel Tanner vivaient dans la maison de ville mitoyenne à celle que Wes et lui partageaient, mais les quatre étaient si régulièrement les uns chez les autres qu'ils pourraient tout aussi bien vivre ensemble.

— Ils sont là ? Je ne les ai pas vus quand je suis arrivé.

— Ils sont partis faire des courses, mais ils ont dit qu'ils reviendraient avant la fermeture.

Jonah décida de tester le sandwich tomate frite et salade avec pain grillé complet de chez Lembas Bakery, une boulangerie locale tenue par un couple de lesbiennes qui vendaient des pains et des pâtisseries incroyables. Il terminait juste les chips faites maison qui accompagnaient le sandwich quand Aidan et Sammy arrivèrent, portant des sacs d'Urban Vintage, un magasin de vêtements en bas de la rue.

— Jonah ! s'exclama Sammy avec force. Dis-moi que tu n'es pas venu directement du travail. Tu fais honte aux hommes gay, habillé comme ça.

— Qu'est-ce qui ne va pas avec mes fringues ? demanda Jonah.

Il ne pensait pas que son pantalon gris et sa chemise bleu pâle étaient moches, bien qu'ils étaient un peu froissés à cause de cette longue journée et de la chaleur.

— Est-ce qu'on ne t'a rien appris, gamin ?

Sammy fit un signe de la main pour désigner sa tenue et celle d'Aidan. Jonah trouvait que son haut en col en V d'un violet profond contrastait magnifiquement avec sa peau sombre, tandis que le motif cachemire vert et blanc d'Aidan accentuait sa peau claire et ses cheveux rouges. Pourtant, il n'aurait pas été à l'aise s'il avait porté un de ces hauts.

— Il est trop tard pour t'emmener faire du shopping maintenant, mais je viendrai jeter un coup d'œil à ton placard avant d'aller en boîte demain soir. Si on ne trouve rien qui soit digne que tu sois vu avec nous, tu pourras nous emprunter quelque chose.

— Je ne rentrerais dans aucun de vos vêtements, fit remarquer Jonah.

Il n'était pas gros, mais Sammy faisait une demi-tête de plus que lui et dix bons kilos de moins, alors qu'Aidan était bâti comme le maçon qu'il était.

— Bien sûr que si, dit Aidan. Ils seraient juste un peu grands, comme la plupart de tes chemises. Tu as une bonne carrure. Tu devrais la montrer.

Les chemises moulantes n'étaient pas pratiques pour travailler à la ferme, mais si Jonah l'avait signalé, il savait qu'ils lui auraient simplement fait remarquer qu'il ne travaillait plus dans une ferme. Et il n'avait plus à s'habiller de manière à cacher son homosexualité. Mais ce n'était pas pour autant qu'il était enthousiaste à l'idée de porter des chemises moulantes et des jeans slim pour attirer l'attention dans les boîtes où Sammy et Aidan voulaient l'emmener.

— Peut-être que je ne viendrai simplement pas demain.

— Sûrement pas ! objecta Wes. Tu mérites une nuit de repos après toutes tes heures sup aujourd'hui. Et de plus, le meilleur moyen pour oublier ton béguin pour ton patron – ton patron hétéro, comme tu me l'as fait remarquer toi-même –, c'est de trouver quelqu'un qui s'intéresse à toi.

Il ne l'avait jamais dit à Wes, mais parfois Jonah se demandait si ses trois amis pensaient qu'il n'avait pas ce qu'il fallait pour être un homme gay. Il était bien plus à l'aise dans ses vêtements de travail ou ses jeans et chemises en batiste qu'il portait dans sa ville natale, plutôt qu'avec ces couleurs voyantes qu'ils voulaient lui faire porter. Il préférait rester à la maison avec un bon livre, ou travailler sur ses devoirs d'économie, plutôt que de passer la nuit en boîte. Sammy et Aidan étaient un couple monogame, alors même s'ils aimaient danser, c'était l'un avec l'autre ou avec des amis qui savaient qu'ils étaient ensemble. Wes était un vrai fêtard, qui socialisait avec tout le monde, même s'il était très sélectif envers ceux qu'il considérait comme plus que de simples connaissances. Quand ils s'étaient rencontrés, Jonah avait pensé que Wes essayait de le draguer, mais le jeune homme avait été clair sur le fait qu'il ne cherchait qu'un colocataire avec qui partager les dépenses, pas un partenaire de nuits. Et même si

Jonah avait rencontré pas mal d'hommes attirants depuis son arrivée à Dallas, il n'avait ressenti l'étincelle de l'attirance pour aucun d'entre eux.

Jusqu'au jour où il avait commencé à travailler pour Lincoln Courtwright.

Linc était tout ce qui attirait Jonah chez un homme : beau sans être vaniteux, intelligent sans être condescendant, assuré sans être arrogant. Il pouvait se mettre sur son 31 et apprécier la culture, comme Jonah l'avait vu le soir où Linc avait conduit Melissa au Texas Ballet Theater. Mais il pouvait ensuite venir au bureau en jean avec des bottes abîmées et avait confié à Jonah qu'il avait hâte de retourner sur le ranch et de travailler avec le nouveau cheval qu'il venait d'acquérir. Jonah avait été attiré par lui dès le départ, quand il faisait juste l'intérim pour mettre les archives du Broken Spoke à jour. Il n'avait pas eu beaucoup de contact avec le patron à ce moment-là – il travaillait surtout avec l'assistante administrative de Linc de l'époque, Jennifer Wagner –, même si l'homme le saluait toujours et s'arrêtait pour échanger quelques mots à chaque fois qu'il passait par le bureau quand Jonah travaillait. Jennifer avait dû être impressionnée par les efforts de Jonah, parce que quand elle avait décidé d'être femme au foyer après être tombée enceinte de son second enfant, elle l'avait recommandé pour reprendre son poste. Depuis lors, travailler si près de Linc à chaque fois qu'il était au bureau n'avait fait que renforcer son attirance. Il avait peur qu'aucun homme ne puisse jamais se mesurer à lui.

Ce qui était un problème, puisque Linc était hétéro. Et même s'il ne l'était pas, Jonah savait qu'il n'avait rien en lui qui pouvait attirer un homme comme Lincoln Courtwright. Il était un fermier de l'Oklahoma avec quelques années d'université communautaire derrière lui. Il avait une carrure décente, encore qu'il avait perdu un peu de muscle depuis qu'il ne travaillait plus sur la ferme et ne chargeait plus des camions de transport – son emploi quand il était encore à l'université avant de quitter Oktaha. Il avait des cheveux bruns courts et des traits très classiques, et rien qui ne puisse attirer un homme riche et séduisant comme son patron.

Peut-être que Wes a raison, songea Jonah. *Je ne me débarrasserai jamais ce béguin sans espoir si je n'essaie pas de rencontrer quelqu'un d'autre.* Mais c'était une partie du problème. La plupart des gars qu'il rencontrait en boîte, ceux que Wes, Aidan et Sammy lui présentaient, ne voulaient que passer du bon temps, et pas d'une relation. Jonah n'était pas contre passer du bon temps, mais il n'avait aucune envie de devenir le coup d'un soir d'un étranger. Il avait eu l'exemple de ses parents, qui s'étaient mariés après le lycée et s'aimaient toujours autant, et des parents de son père, qui avaient été mariés pendant soixante-dix ans. Sa grand-mère était morte quelques semaines après son grand-père, comme si elle ne pouvait supporter de vivre sans lui. Il voulait ce genre de relation, mais il supposait qu'il allait devoir faire l'effort de rencontrer quelqu'un avant de pouvoir trouver ça.

— OK, dit-il. Je viendrai avec vous demain soir. Mais je choisirai mes vêtements !

Chapitre trois

LE lendemain, la journée sembla s'éterniser au travail. Jonah devait malgré tout reconnaître que l'absence de Linc au bureau jouait autant que le fait que c'était un vendredi. Son patron tentait de passer deux ou trois jours par semaine à Dallas, pour gérer ses papiers, ses appels et ses réunions indispensables afin que ses exploitations bovines, de pétrole et de gaz naturel se portent bien. C'était parce que Jonah s'occupait des appels, des e-mails et de la correspondance écrite qu'il n'avait pas à passer toutes ses journées en ville. Jonah s'occupait des tâches quotidiennes et faisait les préparations pour les plus urgentes, s'occupait des dossiers ou résumait les informations pour que Linc puisse facilement prendre les mesures et décisions appropriées.

Jonah en connaissait un peu sur l'exploitation bovine, grâce au réseau que son père s'était forgé avec les fermiers du coin leur achetant le foin. Mais les petits ranchs et fermes familiales auxquels il était habitué n'arrivaient pas à la cheville de Broken Spoke. Les terres appartenaient à la famille Courtwright depuis la fin de la Guerre civile, et même si ce n'était pas du tout du ranch le plus grand du Texas, il y avait quand même des milliers de bêtes et il s'étendait sur trois comtés. Linc ne cachait pas le fait qu'il préférerait passer tout son temps sur le ranch s'il le pouvait, mais il était également un homme d'affaires trop malin et un trop bon gestionnaire des affaires familiales pour ignorer les réserves d'énergie qui apportaient la plus grande partie de ses revenus.

Jonah ne connaissait presque rien au pétrole et à la production de gaz, mais depuis qu'il était devenu l'assistant administratif de Linc, il avait pas mal lu et trouvait tout ça fascinant. Linc tenait autant à la conservation de l'environnement qu'à la production bio, ce qui pouvait être difficile dans une industrie qui privilégiait la production et le profit plus que tout. Après avoir fait des recherches sur les propositions qui avaient été envoyées par des entreprises de forage, Jonah réalisa qu'aucune d'entre elles n'était plus intéressante que le groupe que Linc avait viré de son bureau la veille. Niveau sécurité environnementale et méthodes peu invasives, il n'y avait rien de prometteur. Prenant note de faire plus de recherches sur d'autres entreprises, Jonah repoussa les propositions et se mit en quête de fournisseurs de nourriture bio supplémentaires. Il eut bien plus de succès de ce côté-là et identifia trois fournisseurs potentiels, auxquels il demanda un devis.

Il pourrait offrir plusieurs options à Linc quand il reviendrait au bureau la semaine suivante.

Décidant qu'il avait fait tout ce qu'il pouvait faire pour la journée, Jonah éteignit l'ordinateur et ferma le bureau. Il était à peine seize heures, mais la circulation était difficile. Les trois autoroutes qui passaient à travers le quartier des affaires étaient sans arrêt en travaux et cela faisait augmenter le flot de véhicules. Jonah évita les voies rapides et prit les petites rues, emprunta le tout nouveau pont Calatrava qui traversait le Trinity avant de passer à travers Oak Cliff jusqu'à la maison que Wes et lui partageaient dans le Bishop Arts District.

Le scooter de Wes était déjà dans le jardin quand Jonah gara sa camionnette le long du trottoir sur le côté du bâtiment en briques. La maison était séparée verticalement en deux unités, chacune avec une cuisine et un salon-salle à manger au rez-de-chaussée et deux chambres au premier. Sammy avait transformé l'une des chambres de leur maison en un bureau pour son entreprise de graphisme.

— Chéri, je suis rentré ! lança Jonah tout en laissant tomber son sac à dos sur la case à côté de la porte d'entrée.

Il ne vit pas Wes, mais un délicieux fumet emplissait la pièce.

— Qu'est-ce qui sent aussi bon ?

— J'ai mis des enchiladas verdes dans le four, répondit Wes en descendant l'escalier. La douche est libre si tu veux te laver et te changer avant le dîner.

— Je ferais mieux d'attendre. Avec ma chance, je vais mettre de la sauce sur ma chemise, et je ne me changerai pas plusieurs fois.

Il regarda le haut à l'encolure ras du cou, avec des motifs bleu et orange, que Wes portait avec son jean

Lucky. Quand son colocataire se pencha pour regarder le plat dans le four, le haut remonta pour révéler quelques centimètres de peau lisse.

— Eh bien, tu ferais mieux de décider ce que tu vas porter avant que Sammy et Aidan arrivent, ou Sammy va fouiller tout ce que tu as dans ton placard pour trouver quelque chose d'« approprié ».

Comme appelés par ce commentaire, Aidan et Sammy passèrent par la porte de derrière, portant un bol de guacamole et un paquet de chips.

— On a senti le mexicain depuis notre maison, alors Sammy a ramené le guacamole.

— Les enchiladas seront prêtes dans quelques minutes. Prenez une bière au frigo si vous voulez.

Aidan sortait déjà un bol du placard pour les chips quand Sammy s'arrêtait devant Jonah.

— Tu prévois de te changer, pas vrai ?

— Oui, mais je n'ai pas l'intention de te laisser approcher de mon placard, dit Jonah avec un sourire.

Sammy portait un pantalon jaune brillant qui moulait ses longues jambes et une veste turquoise avec les manches relevées. Aidan avait un jean coupé et un débardeur rouge sombre qui moulait son torse et montrait les muscles de ses bras, gagnés sur les chantiers de construction.

— Mange d'abord, critique l'absence de goût vestimentaire de Jonah plus tard, insista Wes.

Il sortit le plat bouillonnant et le posa sur un dessous-de-plat au centre de la table. Puis il sortit un second plat et le déposa à côté du premier.

— Celui-ci est au poulet, et là, le rajas y queso juste pour toi, Sammy. Servez-vous pour les assiettes et les couverts.

— Rien de mieux pour se préparer à danser toute la nuit qu'un bon repas, décréta Aidan.

Il se servit des enchiladas et souffla sur la fourchette avant de la mettre dans sa bouche.

— Merde, Wes, c'est encore meilleur qu'au restaurant mexicain. Tu feras un grand chef pour un de ces restaurants, un de ces jours.

— Je compte ouvrir mon propre restaurant, le corrigea Wes. Et vous y mangerez tous gratuitement parce que vous me connaissiez avant.

Jonah prit un peu de chaque plat et ajouta une cuillère de guacamole pour apaiser les épices entre chaque bouchée.

— J'ai vraiment eu de la chance quand je t'ai rencontré, Wes. Si j'avais été seul, je me serais nourri de fast-food et de nouilles instantanées.

— Je mangerais moi aussi des nouilles si tu n'étais pas là pour aider à payer le loyer. Je crois qu'on y gagne tous les deux.

Oh oui, confirma Jonah à voix basse. Il avait eu un petit pécule qu'il économisait pour le jour où il pourrait quitter Oktaha, même s'il avait prévu de rester quelques années de plus pour terminer l'université et économiser un peu plus. Avoir rencontré Wes à ce moment-là lui avait permis de ne pas dépenser tout son argent et de ne pas avoir fini à la rue avant de trouver du travail à Dallas.

— Délicieux, comme toujours, déclara Sammy avant de porter son assiette vide au lave-vaisselle. Aidan, sois un amour et aide Wes à nettoyer pendant que je conduis Jonah en haut pour l'habiller.

— Je peux m'habiller sans aide, dit Jonah avec un sourire. Je le fais depuis des années.

— Oui, mais si on te laisse tout seul, tu vas revenir avec une salopette et un chapeau en paille, le taquina Sammy. Je sais qu'on a acheté quelques vêtements décents la dernière fois qu'on t'a accompagné faire du shopping. Allons voir ça.

Malgré l'insistance de Sammy pour ajouter de la couleur, Jonah prit son meilleur jean noir et un haut échancré gris.

— Vous avez assez de couleurs à vous trois pour remplir une boîte de Crayolas, dit-il avec un rire. Vous n'avez pas besoin que j'en rajoute.

— Avoir trop de couleurs est impossible, le contredit Sammy en secouant la tête alors qu'ils redescendaient. Mais j'imagine que je pourrai supporter d'être vu avec toi dans cette tenue. Aidan, Wes, allons-y.

Parce que Jonah ne buvait pas beaucoup, il était en général le conducteur désigné pour leurs sorties, bien qu'ils prirent la Nissan d'Aidan parce qu'ils ne pouvaient pas entrer à quatre dans la camionnette de Jonah. Wes suggéra qu'ils essaient Echo, un nouveau club qui venait d'ouvrir sur Davis Street. Ce n'était pas une boîte exclusivement gay, mais tout ce que l'on trouvait à Bishop Arts, c'était très queer friendly. Jonah préférait rester dans le quartier plutôt que d'aller visiter les plus grands bars gay sur Cedar Springs, qui semblaient à ses yeux être un refuge pour une clientèle plus âgée et plus désespérée depuis la fois où il avait tenté d'y aller quand il était arrivé en ville.

Echo se trouva être un petit bâtiment avec un bar animé et une grande piste de danse. De la musique forte pulsait, les échos des basses résonnaient dans la poitrine de Jonah, lui faisant se demander si ce n'était pas là la raison du nom du club. Comme il s'y attendait, il semblait y avoir autant de couples mixtes que de couples de même sexe. Aidan se dirigea vers le bar pour prendre les boissons pendant que Wes et Sammy s'appropriaient une table haute le long des murs. Avant qu'ils puissent s'asseoir, quelqu'un appela Wes, qui alla saluer un ami à une autre table. Sammy prit Jonah par le bras et le tira sur la piste de danse. Aidan les rejoignit dès qu'il eut posé les boissons à leur table, et Wes et son ami à qui il avait parlé arrivèrent quelques minutes plus tard.

Jonah aimait danser, et durant les premières chansons, il se laissa porter par la musique. Mais très vite, la nuit se mit à suivre son cours prévisible. Sammy et Aidan eurent rapidement les bras l'un autour de l'autre, plus du tout intéressés par l'idée de danser avec un autre. Wes parlait à tout le monde, il semblait connaître au moins la moitié des personnes ici présentes et avait un partenaire différent pour chaque chanson. Quand la chaleur de la piste de danse devint un peu trop insupportable, Jonah retourna à leur table et prit une bonne gorgée du tonic glacé au citron qu'Aidan lui avait commandée.

— Tu es tout seul ? demanda quelqu'un.

Jonah se tourna vers un grand type aux cheveux sombres, encore plus musclé qu'Aidan. C'était une étrange question, car il y avait très clairement trois verres sur la table, mais il secoua la tête.

— Non, mes amis dansent encore.

— Tu veux danser avec moi ?

Jonah voulait surtout se reposer une minute et terminer sa boisson, mais il était malpoli de le rejeter.

— Bien sûr.

Tout était trop bruyant pour avoir une conversation sur la piste de danse, mais après quelques musiques,

Jonah sentit la sueur couler dans sa nuque. Il désigna la table et son nouvel ami suivit.

— Je m'appelle Jonah, se présenta-t-il quand ils y furent.

— Nick, offrit l'autre comme réponse. Je t'offre un autre verre ?

— Juste un tonic citron.

Quand Nick haussa un sourcil, Jonah se sentit obligé de préciser :

— Je suis conducteur désigné ce soir.

Son nouvel ami revint avec une boisson fraîche pour Jonah et ce qui semblait être un rhum Coca pour lui. Jonah prit une gorgée avec prudence, puis se réprimanda lui-même quand il fut soulagé de voir que la boisson n'avait pas d'alcool.

Nick s'avéra être un entraîneur personnel dans une salle de sport du quartier. Le bruit était trop fort pour tenir une conversation, et il était plus facile de suivre Nick sur la piste quand ils eurent fini leur verre.

Encore une heure passa, et Jonah était plus que prêt à rentrer chez lui, mais puisque ses trois amis semblaient toujours bien s'amuser, il se résigna à les attendre. Il s'excusa pour aller aux toilettes, mais quand il sortit, Nick attendait dans le couloir.

— Que dirais-tu qu'on trouve un endroit plus intime ? demanda-t-il.

— Je ne peux pas partir, je te l'ai dit, je suis avec des amis et je conduis.

— On va devoir apprendre à se connaître ici, dans ce cas.

Nick tira Jonah par le bras, le fit tourner jusqu'à ce qu'il soit coincé entre le mur et le corps dur du coach. Il passa la main sous le rebord de la chemise de Jonah et baissa la tête comme pour l'embrasser.

— Désolé, pas intéressé.

Jonah tourna la tête et tenta de lui échapper, mais il n'arrivait pas à se défaire de la prise de Nick. Il poussa en avant, mais l'homme le retint facilement contre le mur. Jonah songeait à lui enfoncer le coude dans les côtes quand la voix de Wes résonna derrière Nick.

— Ce type te harcèle, bébé ?

Nick recula, surpris, et leva les mains.

— Oh, hé, pardon. Il n'a pas dit qu'il était déjà pris.

Jonah n'aimait pas beaucoup le sous-entendu disant qu'il était un objet que l'on pouvait posséder, mais ça avait eu l'avantage de faire fuir Nick, alors c'était tout ce qui comptait. Il tira sur son haut et fit un sourire peiné à Wes.

— Merci. Je ne pense pas qu'il était vraiment dangereux, mais j'apprécie l'aide.

— Pourquoi tu ne lui as pas simplement dit d'aller au diable ?

— J'ai essayé, mais il n'écoutait pas, et je ne voulais pas faire une scène.

Il l'aurait fait si les choses étaient allées trop loin, mais ses parents lui avaient appris qu'il était malpoli de se donner en spectacle. Ce qui était une des raisons pour lesquelles il avait fui Oktaha plus tôt que prévu.

— Si quelqu'un fait quelque chose que tu ne veux pas, ne te gêne pas et fais la plus grande scène possible. Cri, hurle, donne-lui un coup de genou dans les couilles s'il le faut.

Wes le tira dans ses bras.

— Écoute, tu veux rentrer à la maison ? Je pourrai revenir chercher Aidan et Sammy plus tard.

— Non.

Jonah prit une grande inspiration.

— Quand on tombe de cheval, il faut immédiatement remonter. Je ne vais pas laisser un enfoiré gâcher ma soirée.

— Tu fais bien !

Wes le serra à nouveau et le reconduisit sur la piste.

Chapitre quatre

LINC n'était pas au bureau le lundi, même si Jonah ne s'était pas attendu à l'y voir. Il passait en général deux ou trois jours de suite à Dallas, selon le nombre de papiers dont il devait s'occuper pour la semaine en cours, et passait le reste du temps sur le ranch. Jonah savait qu'il avait prévu de rencontrer plusieurs autres foreurs qui avaient envoyé des propositions, mais après le résultat de la semaine précédente, Jonah se ne fatigua même pas à ouvrir le calendrier sur son ordinateur. Il connaissait suffisamment son patron pour savoir qu'il n'approuverait les méthodes de forage utilisées d'aucun des prospecteurs.

Au lieu de ça, Jonah passa la journée à chercher des méthodes de forage de gaz naturel plus écologiques. C'était de véritables découvertes. Les Schistes de

Barnett, qui passaient sous le Broken Spoke et sur plus de 8000 kilomètres carrés au centre et à l'ouest du Texas, étaient de loin la plus grande réserve de gaz naturel aux États-Unis. Le problème, c'était que les schistes offrant un accès facile aux gisements de pétrole et de gaz avaient déjà été pillés. Le gaz piégé entre les épaisses couches de roches qui avaient offert son nom à cette réserve était plus difficile à extraire, et les fracturations hydrauliques, le forage horizontal et les acidifiants avaient tous leurs inconvénients. Jonah nota quelques firmes qu'il pensait plus ouvertes pour des méthodes alternatives, puis rédigea un court document avec quelques informations sur chacune d'entre elles, ainsi que le lien vers leur site Internet. Il laisserait Linc regarder ça de plus près quand il viendrait et son patron le lui dirait s'il voulait que Jonah organise un rendez-vous en tête à tête avec eux.

Il était si pris par ses recherches qu'il fut surpris de remarquer qu'il était seize heures passées quand il eut terminé son rapport. Les cours du soir d'économie qu'il suivait à l'université en centre-ville étaient les lundis et mercredis. Sur le chemin pour y aller, il s'arrêta pour prendre un rapide sandwich chez Cindi's Deli en face d'Union Station – et, coïncidence, à quelques pâtés de maisons de la tour de la Réunion. Il se demanda si Melissa avait pardonné à Linc d'avoir raté son dîner de célébration au Five Sixty. Elle rentrerait probablement aujourd'hui de son rodéo à Tulsa et verrait le bracelet que Jonah avait fait livrer. *Jamais je ne serais en colère contre Linc parce qu'il travaille trop dur*, songea-t-il, mais d'un autre côté, il ne sortait pas avec lui. Il secoua la tête sous ses rêves éveillés, refusa poliment quand la serveuse âgée lui offrit de remplir à nouveau son thé glacé, et alla au comptoir pour payer sa note, laissant un

généreux pourboire sur le chemin de la sortie. Il savait
à quel point Wes travaillait dur pour ses pourboires, et
il faisait toujours de son mieux pour récompenser un
bon service.

Le cours fut un vrai défi et il apprécia la discussion
que son professeur lança à travers les étudiants, sur les
nombreuses théories économiques qu'ils étudiaient et
comment elles influaient les affaires. Il était heureux de
pouvoir contribuer à la conversation en se basant sur
son expérience dans son travail avec Linc. Après avoir
noté les lectures pour le cours du mercredi, il dit bonne
nuit à quelques camarades qu'il avait appris à connaître
en étant assis à côté d'eux, puis rentra.

Ce ne fut qu'à la mi-matinée le mercredi que Linc
revint au bureau, souriant.

— Vous avez l'air d'avoir passé un bon week-end,
dit Jonah avec un sourire.

— Melissa a vraiment aimé le bracelet, répondit
Linc. Ta petite amie doit adorer ton bon goût.

— Je n'ai pas de petite amie. Je suis gay.

Jonah fut horrifié de s'entendre dire ça. *Pourquoi je
lui dis ça maintenant ?* Ce n'était pas qu'il le cachait –
il était sorti du placard et n'y retournerait jamais –,
mais il observa attentivement Linc, un peu effrayé de
sa réaction.

— Vraiment ? répondit Linc avec aussi peu
d'inquiétude que si Jonah lui avait dit avoir les cheveux
bruns. Alors j'espère que ton petit ami apprécie.

— Pas de petit ami pour le moment.

Jonah poussa un soupir de soulagement inaudible
en apprenant que son homosexualité ne semblait faire
aucune différence aux yeux de son patron. Il ne s'était
pas vraiment attendu à ce que l'homme soit homophobe,

mais il ne s'y était pas non plus attendu avec ceux qu'il pensait être ses amis à Oktaha.

Il sembla à Jonah que Linc lui jeta un coup d'œil un peu spéculatif à ce commentaire, mais heureusement, il ne donna pas suite.

— J'ai trouvé plusieurs fournisseurs de nourriture bio et j'ai laissé les tarifs sur votre bureau, dit Jonah, heureux de détourner le sujet de sa vie sociale – ou de l'absence de celle-ci. Dites-moi lequel vous préférez, et je les contacterai pour réserver. Et aucun des foreurs pour l'exploitation de gaz ne se soucie vraiment de l'environnement. J'ai trouvé quelques nouvelles firmes que vous pourriez envisager. Ce sont pour la plupart des petites entreprises, sans beaucoup d'expérience en termes d'années, mais ils semblent être plutôt sérieux jusque là. Les informations sont également sur votre bureau.

Linc se pencha en avant, mains sur le rebord du bureau. Si proche de lui, Jonah pouvait sentir un parfum frais d'agrumes qui n'était pas assez fort pour être de l'après-rasage ou du parfum. *Ce doit être son savon*, pensa-t-il, et l'idée lui tira le rouge aux joues.

— Le salaire que je te donne n'est pas suffisant, dit Linc. À partir d'aujourd'hui, tu as une augmentation de dix pour cent.

— Je... Merci, Monsieur Courtwright, bégaya Jonah.

Il aurait été heureux avec juste le sourire chaleureux et le regard fier de son patron. Linc leva un sourcil sur ses yeux noisette.

— Je t'ai déjà dit de m'appeler Linc et de me tutoyer.

Jonah hocha la tête.

— Merci... Linc. C'est très généreux.

— Tu en mérites chaque centime. La plupart des gens ne penseraient même pas à prendre des initiatives comme tu le fais.

Linc soutint encore son regard avant de se redresser.

— J'imagine que je ferais mieux de regarder ces documents que tu as préparés pour moi. Je ne peux pas te laisser aller trop loin sans moi, pas vrai ?

JONAH passa le reste de l'après-midi à s'occuper des e-mails et à mettre à jour les statistiques de ventes sur le bétail. Linc ne sortit pas la tête de son bureau intérieur jusqu'à presque seize heures trente.

— Jonah, je trouve ces entreprises de forage que tu as trouvées très prometteuses. Tu pourrais m'organiser un rendez-vous avec eux aussi vite que possible ?

— Est-ce que ça pourrait attendre demain ? demanda Jonah, se sentant coupable.

Il venait tout juste d'obtenir une augmentation, et pour la première fois que son patron – Linc – lui demandait quelque chose, il devait demander s'il ne pouvait pas reporter.

— J'ai cours ce soir, et j'aurai juste le temps d'acheter à manger vite fait sur le chemin pour y être à l'heure.

Linc grimaça.

— Je voulais parler du rendez-vous qui serait le plus tôt possible, et non que tu le fasses immédiatement. Pars, va en cours. J'éteindrai ton ordinateur avant de partir. File !

Il fit des mouvements des mains pour le chasser et Jonah ne put s'empêcher de sourire.

— Si c'est comme ça que tu diriges ton troupeau, je déteste avoir à le dire, mais tu le fais mal.

Jonah se pencha sous le bureau pour attraper son sac à dos et cacher son visage. Il ignorait ce qui lui prenait aujourd'hui, mais il semblait incapable de contrôler sa bouche. À son soulagement, Linc riait quand il se releva.

— Il faudra que je te conduise au ranch un de ces jours pour te montrer comment on fait. Maintenant, file en cours. Ouste !

Jonah n'était pas certain de savoir comment il arriva à l'heure en cours – il ne s'arrêta même pas chez Cindi's pour prendre un sandwich en chemin –, et il aurait même été incapable de dire de quoi parlait la leçon du jour. Il passa tout son temps à se rejouer sa discussion avec Linc dans son esprit.

— J'AI eu une augmentation ! annonça Jonah à Wes quand il s'arrêta au Prism après la classe. Linc m'a donné dix pour cent de plus !

— Génial !

Wes tendit le poing par-dessus le comptoir pour frapper celui de Jonah.

— Je suis heureux qu'il récompense tout le travail supplémentaire que tu fais pour lui. Ce n'est pas comme si tu étais payé à l'heure et qu'il te comptait les heures supplémentaires.

— Je suis juste heureux qu'il pense que je fais du bon travail, vu le peu que j'en savais sur l'exploitation de pétrole et le gaz quand j'ai commencé. Mais c'est vraiment intéressant, tu sais ?

— Si tu le dis.

Wes posa un verre à cocktail devant lui.

— Tiens, essaie ça et dis-moi ce que tu en penses.

Jonah prit une gorgée.

— Waouh, c'est vraiment bon. C'est quoi ? Je sens la pêche et le… gingembre ?

— Vodka infusée à la pêche, bière au gingembre, jus de citron et menthe. Je l'ai appelé le « Just Peachy ».

— C'est génial, mais je ferais mieux de commander quelque chose à manger également. Je n'ai pas eu le temps de souper avant les cours, et si je bois ça le ventre vide, tu vas devoir me porter pour rentrer.

— Essaie le sandwich artichaut, poulet, salade avec les chips de courgette, suggéra Wes. Je ne sais pas ce que Manny met dans les courgettes à part le parmesan, mais c'est fantastique.

— Et je peux payer pour ça aussi, fanfaronna Jonah.

— Ne dis pas à Sammy que tu as eu une augmentation, le prévint Wes. Il voudra que tu dépenses tout pour de nouveaux vêtements.

JEUDI matin, Jonah arriva au bureau et trouva un e-mail du contremaître de Linc, Ford Slater, qui lui disait qu'ils vendaient un grand nombre de vaches reproductrices à une autre ferme. Il lui fallut toute la matinée et une partie de l'après-midi pour mettre à jour les fichiers sur les vaches vendues. Linc passa durant la matinée pour parler des ventes à Jonah, mais partit rapidement pour emmener Melissa déjeuner. Elle partirait bientôt pour une série de compétitions de rodéo sur la côte Ouest, ce qui la garderait sur la route pendant plusieurs semaines. Jonah prit une boîte de fromage et crackers à la cafétéria, au rez-de-chaussée de leur bâtiment, et mangea au bureau en tentant de ne pas envier Melissa qui pouvait passer du temps avec Linc.

Quand il eut finalement terminé de mettre à jour les dossiers du troupeau, Jonah passa de petites commandes pour du foin cet hiver, avec deux fournisseurs bio que Linc avait sélectionnés, souhaitant ainsi avoir un aperçu de la qualité. Il nota les dépenses sur la fiche de budget du ranch et se pencha ensuite sur le document sur les foreurs de gaz naturel écologiques. Linc avait mis des notes dans les marges à côté de chaque entrée et avait écrit tout en bas : *Prépare un rendez-vous avec chacun aussi vite que possible.*

Jonah ouvrit l'agenda sur l'ordinateur et commença à passer les coups de fil. Linc revint au bureau durant l'après-midi mais Jonah le remarqua à peine, levant la main pour le saluer tout en désignant son casque pour montrer qu'il était coincé. Linc hocha la tête et retourna dans son bureau, et Jonah s'évertua à contenir sa frustration d'être constamment mis en attente et transféré dans tous les services jusqu'à ce qu'il puisse joindre la bonne personne pour prendre le rendez-vous que Linc demandait.

Quand il eut organisé toutes les réunions à des dates diverses pour les deux prochaines semaines, il mit les documents à jour avec les informations de contact correctes pour chaque entreprise, puis entra les informations en ligne sur leur annuaire et agenda. Jonah retira ensuite son casque et se redressa avec un soupir. Son estomac grondait, et il fut choqué de découvrir quand il regarda l'horloge sur l'écran qu'il était presque dix-neuf heures.

Il révisait ses notes sur les dates des différents rendez-vous pour pouvoir les laisser sur le bureau de Linc quand la porte de celui-ci s'ouvrit et que son patron en sortit. Avec toutes les galères qu'il avait dû vivre pour prendre les rendez-vous, Jonah avait oublié qu'il était ici.

— Qu'est-ce que tu fais encore là ? demanda Linc en fronçant les sourcils.

— J'organisais les rendez-vous que tu as demandés, expliqua-t-il. Je n'avais pas réalisé combien de services je devrais passer pour contacter la bonne personne dans toutes les entreprises. Ça a été plus long que je le pensais, je crois que j'ai perdu la notion du temps.

— Même avec une augmentation, je ne te paie pas assez pour que tu travailles onze heures par jour, dit Linc.

L'estomac de Jonah choisit cet instant pour gronder à nouveau, assez fort pour que Linc l'entende distinctement.

— Ça suffit. Éteins l'ordinateur. Je t'emmène dîner.

— Ce n'est pas la peine, protesta automatiquement Jonah.

Ferme-la et va avec lui, insista une voix en lui. *Tu étais jaloux que Melissa puisse déjeuner avec lui. Laisse-le te conduire dîner !*

— Bien sûr, je n'y suis pas obligé, mais j'insiste.

Linc se pencha sur le bureau de Jonah, assez près pour que ce dernier capte à nouveau le parfum d'agrumes, et il appuya sur le bouton pour éteindre son ordinateur.

— Maintenant, prends ton sac à dos et tout ce dont tu as besoin et partons. Je suis affamé.

Chapitre cinq

— **ALORS,** de quoi as-tu envie ? demanda Linc alors
qu'ils étaient dans l'ascenseur pour rejoindre le parking
sous-terrain.

— Hum… n'importe quoi ?

Jonah sourit.

— J'ai mangé du fromage et des crackers à midi,
alors là, je dois avouer que mon estomac serait heureux
avec n'importe quoi. Il y a une sandwicherie à quelques
pâtés de maisons où je vais dîner parfois avant les cours.

Dès qu'il l'eut suggéré, il se dit qu'il n'aurait
pas dû. La nourriture chez Cindi's était bonne et
consistante, mais Linc était sûrement habitué à des
repas plus élégants.

— Rien de bien impressionnant, ajouta-t-il à la hâte.

— Tu mérites plus qu'un sandwich, dit Linc. Il y a un grill pas loin d'ici. On pourrait y manger. Le restaurant que Melissa a choisi servait de la nourriture pour lapin. J'apprécierais bien un bon steak moi-même.

Jonah aurait pu se passer de ce petit rappel que Linc avait une petite amie. Pendant un instant, il s'était autorisé à imaginer que Linc lui avait proposé de manger ensemble parce qu'il voulait passer du temps avec lui. *Il a juste besoin de manger et ne veut probablement pas le faire seul*, se corrigea-t-il. *N'essaie pas d'y voir plus que ça n'est.*

— Je ne suis pas vraiment habillé comme il faut, dit-il à la place, en regardant ses vêtements de travail habituel, treillis et chemise sans manches.

— Moi non plus, répondit Linc avec un sourire.

Aux yeux de Jonah, il n'y avait absolument rien de mal dans son jean bien taillé et sa chemise de cow-boy.

— Je vais dans bien assez de restaurants chics avec Melissa. Personne ne fera de remarque sur notre tenue.

Il s'arrêta quand ils sortirent de l'ascenseur, sur un étage de parking réservé au bureau de Linc.

— Tu veux venir dans ma camionnette ou tu préfères me suivre ? Je serais heureux de te raccompagner après si tu n'as pas envie de conduire.

L'idée de s'asseoir sur la banquette à côté de Linc était attirante… et peut-être un peu trop. Jonah secoua la tête.

— Je peux te suivre. Comme ça on rentrera directement quand on aura terminé.

— Ça me va, répondit Linc. Le restaurant se trouve juste en bas de Market Street à Ross : le Y. O. Ranch Steakhouse.

— Je sais où c'est, dit Jonah. C'est juste après le lieu de mes cours à El Centro.

— On s'y retrouve, alors.

Linc monta dans sa camionnette et démarra le moteur.

Jonah passa le court chemin jusqu'au restaurant à se dire de ne pas laisser ce dîner lui monter à la tête. Bien sûr, plus il apprenait à connaître Lincoln Courtwright en tant que personne et pas juste son employeur, plus il l'appréciait, mais il ne pouvait pas mettre son travail en danger en dévoilant son attirance. Linc n'avait peut-être pas de problème avec l'homosexualité de Jonah, mais ça ne voulait pas dire qu'il s'en ficherait s'il pensait que le jeune homme lui faisait des avances.

Le grill était situé dans un vieux bâtiment en briques dans le West End Historic District. Jonah trouva une place où se garer sur la route et marcha la courte distance jusqu'au restaurant. Linc l'attendait déjà à l'intérieur.

— Il faudra quelques minutes pour avoir une table. Tu voudrais quelque chose du bar en attendant ? demanda Linc.

— Je ne bois pas vraiment. Wes, mon colocataire, travaille dans un restaurant et essaie sans arrêt de me faire goûter ces nouvelles boissons qu'il invente, parce qu'il dit que si je les aime, tout le monde aimera.

— On attendra d'avoir une place, merci, dit Linc à l'hôtesse qui se trouvait à proximité.

Jonah profita de leur attente pour regarder autour de lui. L'intérieur du restaurant était chaleureux et accueillant, avec ses murs aux pierres apparentes, son plafond haut avec des poutres et ses piliers en bois couleur crème. Les gens qu'ils voyaient aux tables étaient des hommes d'affaires, des couples, des touristes, tous habillés de manière décontractée comme Linc et lui, voire plus. Se sentant un peu plus détendu,

il tentait de trouver un sujet de conversation qui aurait
pu intéresser Linc quand l'hôtesse leur apprit que leur
table était prête.

Linc fit signe à Jonah de passer avant lui, alors
il suivit l'hôtesse en haut d'un escalier jusqu'à une
section où les tables longeaient un mur perpendiculaire
au bar.

— Bon repas, messieurs, dit-elle en leur tendant
le menu.

Jonah ouvrit à peine le sien qu'il vérifiait déjà les
tarifs – pas aussi scandaleux qu'il l'avait craint, mais
beaucoup plus élevés que ce qu'il se permettait –, et un
serveur s'approcha d'eux.

— Bonsoir, messieurs. Bienvenue au Y. O. Ranch
Steakhouse. Je suis Hector et je vous servirai ce soir.
Connaissez-vous notre restaurant ?

— Moi oui, mais mon invité… ?

Linc regarda Jonah, qui secoua la tête.

— Alors vous allez être servi, dit Hector avec un
sourire. Toute notre viande de bœuf est primée par le
ministère américain de l'Agriculture, et nos steaks sont
faits à la main. Nous sommes également connus pour
notre sélection de gibier, que nous élevons sur le ranch.
Je vous laisse quelques minutes pour explorer le menu,
mais en attendant, puis-je vous apporter à boire ?

— Juste un thé glacé, s'il vous plaît, dit Jonah.

Linc demanda une bière Shiner, et le serveur se
précipita au bar pour prendre leur commande.

— Alors, qu'est-ce qui te ferait envie ? demanda
Linc quand Jonah se remit à étudier le menu.

— Je n'ai jamais mangé de ce gibier-là. J'ai mangé
du chevreuil une fois, mais ça ne m'a pas spécialement
plu. C'était un peu sec, mais c'était peut-être la manière
dont il était cuisiné.

— Tu vas peut-être aimer le filet de bison, suggéra Linc. Ils le font très bien.

Quand Hector revint avec leurs boissons, Jonah adopta la suggestion de Linc et commanda le filet cuit à point. Linc commanda du steak d'aloyau, également à point.

— J'imagine qu'on a un point en commun, fit remarquer Linc avec un sourire qui fit monter la chaleur en Jonah.

— Est-ce que Broken Spoke ressemble au Y. O. ? demanda-t-il, par besoin de se distraire de l'expression bien trop excitante de son patron.

— Eh bien, nous n'élevons rien de plus exotique que des poules pour leurs œufs, dit Linc. Mon père avait songé à élever des Beefalo – un croisement entre un taureau et une bisonne femelle – dans les années 80, mais il n'y a jamais eu la demande pour ça.

Il prit une gorgée de sa bière à la bouteille, parce qu'il avait refusé le verre qu'Hector lui avait offert.

— Le Spoke est là depuis plus longtemps que le Y. O. Les Courtwright qui l'ont fondé ont acheté les premières terres après la Guerre civile, et d'autres ont été rajoutées avec le temps.

— C'est un héritage dont il y a de quoi être fier, dit Jonah. La généalogie est l'un des passe-temps de Wes. Il a cherché son arbre généalogique depuis les fondements de l'Angleterre et de l'Écosse sur Ancestry.com.

Linc fronça les sourcils, bien que Jonah ne voyait pas ce qu'il avait pu dire pour causer cela.

— Il faudra demander à la seconde femme de mon père, Eloise, pour connaître l'histoire familiale.

Jonah trouvait étrange que Linc ne parle pas d'elle comme de sa belle-mère, mais l'homme continua avant qu'il puisse réfléchir plus longtemps à cette impression.

— C'est le genre de personne qui rejoint une famille en se mariant et porte bien plus d'intérêt aux origines de cette famille que nous en portons nous-mêmes. Elle a un arbre généalogique et des armoiries et tout ça pendus aux murs dans le grand salon.

— Le grand salon, par opposition au petit ? le taquina Jonah. Tu as combien de salons, au final ?

— Merde, j'en sais rien. La maison est comme le ranch : elle a beaucoup d'extensions, parce que les différents Courtwright y ont ajouté leur patte à mesure que la famille grandissait. Il y a beaucoup de place, ça c'est sûr.

Ça avait l'air si différent de la maison de ferme compacte avec trois chambres où Jonah avait grandi. Avant de pouvoir poser une autre question, leurs repas arrivèrent et ils passèrent quelques minutes à découper leur viande parfaitement cuite.

— C'est bon ? demanda Linc alors que Jonah prenait une bouchée et sentait les explosions de saveurs sur sa langue.

— Fantastique.

Ce n'était pas comme si c'était quelque chose qu'il aurait l'occasion de manger une seconde fois, alors il devait vraiment savourer son repas.

— Super. Parle-moi donc un peu de toi. Tu n'es pas de Dallas, pas vrai ?

— Ça se voit tellement ? demanda Jonah, se demandant ce qu'il avait bien pu faire pour que ce soit si évident.

— La plupart des gens à Dallas ne viennent pas de Dallas, dit Linc. Alors si je devais deviner, je dirais l'ouest du Texas ou l'Oklahoma.

— Oklahoma, confirma Jonah. Une petite ville près de Muskogee du nom d'Oktaha.

Linc hocha la tête. Jonah doutait tout de même qu'il connaisse vraiment. Oktaha était trop petite – moins de quatre cents habitants, et c'était en comptant les fermes et ranchs à des kilomètres aux alentours.

— Qu'est-ce qui t'a conduit à Dallas ?

Jonah se tut, réfléchissant à ce qu'il allait dire à Linc. *Il sait déjà que je suis gay*, se dit-il. *Et ce n'est pas comme si je devais en avoir honte.*

— Oktaha est plus ou moins au milieu de nulle part. Ma meilleure amie, Caylee Lynch, et moi jurions toujours que nous partirions d'ici dès que nous le pourrions pour aller voir le monde. Nous prévoyions de finir l'université et d'aller à Dallas ou ailleurs pour trouver du travail.

Il se tut pour boire une gorgée de thé.

— Caylee a commencé à sortir avec Jack Ballinger – son père possède la plus grande exploitation de bétail de la région. Ma mère et la mère de Caylee étaient meilleures amies d'enfance, et elles avaient toujours eu ce rêve fou que leurs enfants se marient ensemble. La mère de Caylee est morte quand elle avait dix ans, mais ma mère n'a jamais véritablement renoncé à cette idée. Elle a commencé par me dire que je devais courtiser Caylee si je voulais la garder. J'en ai finalement eu marre et je lui ai dit que j'aimais Caylee comme une sœur. Je n'allais jamais l'épouser, parce que j'étais gay.

— Comment l'a-t-elle pris ? demanda Linc après un moment.

— Ils ne m'ont pas mis à la porte ni rien, si c'est ce que tu penses. Elle n'était pas ravie : elle m'a dit que c'était juste une phase que je traversais. Mon père n'a pas dit grand-chose, mais il parle rarement. Pourtant, je sais qu'ils pensent que l'homosexualité est un péché.

Jonah joua avec les légumes dans son assiette.

— Même si je n'ai jamais rien fait dans ce sens. Caylee savait, bien sûr, mais il n'y a personne d'autre qui soit gay à Oktaha, du moins pour ce que j'en sais, et personne qui ne m'attire dans tous les cas. Puis un jour, entre deux cours – j'allais au Connors State à Warner, l'université la plus proche d'Oktaha –, j'étais assis à la cafétéria, et un mec de mon cours d'anglais est venu s'asseoir avec moi. Il a dit qu'il m'avait remarqué en cours et qu'il se demandait si j'accepterais de sortir avec lui un soir. J'ignore comment il me savait gay, mais on ne faisait que parler, et un autre élève venu d'Oktaha qui suivait aussi des cours là a dû nous entendre, ou peut-être qu'il nous a juste vus ensemble et a deviné. Bref, avant que je comprenne ce qui se passait, toute la ville savait que j'étais gay.

L'expression de Linc était trop prudente pour que Jonah puisse la lire.

— Difficile de garder un secret dans une petite ville. J'imagine que tout le monde n'a pas été compréhensif ?

— Je me suis fait harceler, oui.

Jonah ne voulait pas vraiment se souvenir du rejet et des insultes qu'il avait reçues de personnes qu'il croyait être ses amis. Il ne voulait surtout pas revivre la fois où Jack Ballinger l'avait pris à part et lui avait dit qu'il ne voulait pas que sa copine traîne avec une « putain de tapette ». Il avait voulu dire à Caylee qu'elle sortait avec un enfoiré, mais quand il avait tenté de mettre le sujet sur le tapis, elle s'était tout à coup épanchée sur combien Jack était gentil, et Jonah ne supportait pas de lui briser ses illusions.

— Finalement, j'ai décidé que ça ne valait pas la peine de subir tout ça, alors je suis parti pour Dallas un peu plus tôt que prévu.

Il avait demandé à Caylee de venir avec lui, mais elle voulait voir où sa relation avec Jack la conduirait. Jonah espérait qu'une fois qu'il ne serait plus là pour être la cible de la haine de Jack, il serait l'homme que Caylee pensait qu'il était.

— Tu connaissais quelqu'un à Dallas, quand tu es venu ici ?

— Non, mais j'avais un petit pécule. J'avais économisé ce qui me restait de mon salaire après avoir payé les cours. Ce n'était pas autant que si j'avais tenu deux ans de plus, mais c'était assez pour démarrer. J'ai cherché un quartier gay-friendly sur Internet et j'ai trouvé un hôtel que je pouvais payer sur Oak Lawn pendant que je cherchais du travail. Les voisins étaient plus bruyants et agités que ce à quoi j'étais habitué, puis j'ai découvert Bishop Arts. Ce quartier me rappelle plutôt une petite ville : presque tous les commerces sont indépendants, pas de chaînes, et beaucoup ont un drapeau arc-en-ciel sur la vitre et laissent des bols d'eau sur le palier pour les chiens des clients.

— Je n'y suis jamais allé, mais je vais devoir vérifier, dit Linc.

— Bref, un jour, je déjeunais dans une petite sandwicherie et je regardais les annonces d'emploi sur le journal. Je suis allé parler au serveur, et avant que je comprenne ce qui se passait, il a réussi à m'arracher l'histoire de ma vie, un peu comme toi.

Jonah lui sourit.

— C'est comme ça que j'ai rencontré Wes. À la fin du repas, il m'a dit qu'il cherchait quelqu'un avec qui partager le loyer de sa maison de ville et m'a demandé de venir y jeter un œil. J'ai rencontré les deux types qui vivent dans la maison mitoyenne, Sammy et Aidan, et Aidan m'a pistonné auprès de l'agence d'intérim où il travaillait avant de trouver son emploi actuel. Ce qui m'a mené à travailler avec Jennifer pour mettre à jour les dossiers de ton exploitation, et nous voilà ici.

— Et je suis heureux que tu y sois, dit Linc.

Jonah fut surpris de réaliser qu'ils avaient tous les deux fini leur assiette pendant qu'il parlait.

— Tu aimerais un dessert ?

— Non, merci. En général, je ne mange pas autant à cette heure de la nuit.

Linc s'occupa de l'addition, remerciant Hector pour ses services, et ils se levèrent pour quitter le restaurant. Le soleil s'était couché, l'air était un peu plus frais, bien que la chaleur montait encore du trottoir.

— J'ai passé une bonne soirée, dit Linc. On devrait refaire ça un soir.

— La prochaine fois, c'est moi qui paie, répondit Jonah. Je viens d'avoir une augmentation, après tout.

Linc lui adressa un autre de ces sourires qui faisaient fondre son cœur.

— En effet. Rentre bien, Jonah.

— Toi aussi. On se verra demain au bureau ?

— Non, je pense que je vais retourner au ranch dans la matinée, m'assurer que les vaches qu'on a vendues sont bien arrivées sans encombre. Passe un bon week-end.

— Merci, toi aussi.

Jonah retourna à sa camionnette et commença à rentrer chez lui, tout en se disant qu'il lisait trop dans les paroles de Linc. *Il était simplement poli. Ne va pas te faire trop d'espoir alors que Linc était juste amical.* Pourtant, il ne pouvait s'empêcher de sourire sur le chemin du retour.

Chapitre six

LINC ne fut pas au bureau le vendredi, pourtant Jonah sentit sa présence toute la journée. Il pouvait récupérer un dossier, lire un e-mail, et tout à coup, il se souvenait de la chaleur dans les yeux de son patron pendant qu'il écoutait Jonah parler de ce qui s'était passé quand il était parti de chez lui, ou la manière dont tout semblait s'éclairer quand il riait. Il était entré dans le bureau de Linc pour déposer du courrier et aurait pu jurer sentir une pointe de son parfum d'agrumes.

Il faut que ça cesse, se dit-il quand il réalisa qu'il avait la fiche de budget du ranch ouvert depuis dix minutes et qu'il n'avait encore touché à rien. Ce n'était qu'un dîner d'affaires, même s'ils n'avaient pas passé beaucoup de temps à véritablement parler affaires. C'était la manière qu'avait Linc de le remercier pour ses efforts au travail. Il se sentait idiot d'imaginer qu'il pouvait y avoir autre chose, surtout avec la facture pour le bracelet de Melissa qui se trouvait juste devant lui. Il ferait mieux de se contenter de l'amitié de Linc, puisque c'était tout ce qu'il obtiendrait.

Wes avait un rare vendredi soir de libre, alors Jonah rentra à la maison et le trouva en train de couper des légumes dans la cuisine.

— J'ai décidé de faire du poulet sauté pour le dîner, dit-il. Ça ne sera pas long à cuire, j'attendais que tu arrives pour commencer.

— Ça a l'air délicieux. Je vais faire le riz, proposa Jonah.

— Tu es rentré tard hier soir, dit Wes l'air de rien quand Jonah eut sorti et branché le cuiseur à riz.

Le jeune homme sentit ses joues chauffer et espéra que Wes mettrait ça sur le fait qu'il se penchait devant le placard du bas, où ils rangeaient les ustensiles.

— On a travaillé tard, et Linc m'a invité à dîner quand on a terminé.

La poêle siffla quand Wes y mit le poulet.

— Dîner, hum ? J'imagine que ce n'était pas juste un burger ou une pizza.

— Nous sommes allés à un grill près du bureau.

Wes le regarda simplement, ne se préoccupant même plus de la poêle alors qu'il remuait son contenu pour tout cuire de manière égale.

— Quoi ? demanda Jonah.

— À toi de me le dire : c'est toi qui rougis.

— Je ne rougis pas. On a eu un dîner amical. Je lui ai dit que je l'inviterai la prochaine fois.

Jonah fronça les sourcils.

— Même si je ne sais pas où je pourrais l'inviter. Les seuls restaurants que je connaisse autour du bureau sont des fast-foods ou des cafés-restaurants. Je crois que je vais devoir chercher des restaurants sympas en ville sur Google.

Wes versa le poulet dans un bol et ajouta des légumes dans la poêle.

— Il y a la foire au vin le week-end prochain. Tu devrais l'y inviter.

— Je ne sais pas… Je ne sais même pas s'il aime le vin. Il a juste pris une bière pour dîner.

— Quel homme riche n'aime pas le vin ? demanda Wes, avant de goûter une cosse et de verser de la sauce soja dans la poêle, puis d'y remettre le poulet. De plus, je travaillerai vendredi soir – très bon moment pour les pourboires –, alors j'aurai une chance de le rencontrer.

— Raison de plus pour ne pas l'inviter, rétorqua Jonah, souriant pour montrer qu'il le taquinait. De plus, il passe en général ses week-ends au ranch. Je ne pense pas qu'il voudrait rester en ville juste pour aller à la foire au vin avec moi.

— Tu ne le sauras pas si tu ne le lui demandes pas, n'est-ce pas ? C'est presque fini, prends les assiettes et mangeons.

QUAND Linc arriva au bureau le mardi, Jonah avait répété une douzaine de manières différentes de l'inviter vendredi soir. Si les règles de l'étiquette que sa mère lui avait inculquées n'avaient pas exigé qu'il rende l'invitation le plus tôt possible, il aurait été tenté d'oublier tout ça. Mais elle l'avait élevé pour être un homme poli, et même si jamais elle ne saurait qu'il ne respectait pas ça, il se sentirait malgré tout coupable.

— Bonjour, Jonah, le salua-t-il avec un sourire que le jeune homme trouva dévastateur. Des choses importantes que je dois savoir ?

— Les heures pour les rendez-vous avec les foreurs de gaz naturel sont sur ton agenda, il y a une demande de renseignements de la part d'un nouveau distributeur qui veut vendre la viande de bœuf de Broken Spoke, et est-ce que tu aimerais venir à la foire au vin de Bishop Arts vendredi soir ?

Tout lâcher comme ça n'avait *pas* fait partie des stratégies auxquelles il s'était entraîné, mais le sourire de Linc ne fit que grandir.

— Une foire au vin ? Et si tu venais dans mon bureau m'en parler ?

Jonah le suivit dans son sanctuaire intérieur et s'installa sur une chaise pendant que Linc se mettait à son bureau.

— Plusieurs fois par an, les marchands locaux sponsorisent une foire au vin pour des œuvres caritatives. Il faut payer quinze à vingt dollars pour un verre, et les magasins et restaurants ont toutes sortes d'échantillons. Il me semble que cette fois, l'argent ira à Jonathan's Place, un centre qui aide les enfants maltraités et abandonnés.

— Ça a l'air d'être une excellente cause, fit remarquer Linc.

— C'est de dix-huit à vingt et une heures, et si on arrive tôt, j'ai pensé qu'on pourrait dîner au Prism, le restaurant où travaille mon colocataire, Wes. Mais il y a beaucoup d'autres restaurants dans le quartier, si tu préfères autre chose. Puis on pourra se promener pour voir les différents magasins. Si ça t'intéresse, bien sûr. Je sais que tu rentres en général au ranch le week-end, et je comprendrais que tu ne souhaites pas rester en ville, ou si ça ne t'intéresse pas, ou…

— Jonah, respire, dit Linc en pouffant. J'adorerais venir avec toi.

— Vraiment ?

Jonah réalisa à quel point il devait paraître immature, mais il semblait qu'à chaque fois qu'il parlait d'autre chose que des affaires avec Linc, sa bouche se mettait en mode autopilote.

— Oui, vraiment. Après t'avoir entendu parler de Bishop Arts la semaine dernière, j'ai eu envie de visiter le quartier. Et je suis toujours heureux de soutenir une bonne cause, surtout si c'est quelque chose de local. Donc, le rendez-vous est arrangé.

Si seulement c'était vrai, songea Jonah, avant de s'ordonner de ne pas aller sur cette voie.

— Je le mettrai sur ton agenda au cas où tu oublierais.

— D'accord, dit Linc. Et maintenant, si tu me parlais de ce nouveau distributeur que tu as mentionné ?

LE reste de la semaine sembla filer à toute allure. Linc était tous les jours au bureau, bien que ça ne voulait pas dire que Jonah le voyait beaucoup. Après quelques longs appels téléphoniques, Linc sembla trouver un arrangement avec l'entreprise qui voulait acheter la viande de bœuf au ranch. Il vit son avocat pour constituer un contrat en béton et passa aussi du temps au téléphone avec son contremaître pour discuter de la vente. Jonah se sentait un peu coupable parce que Linc aurait pu avoir cette discussion en personne s'il n'était pas resté en ville, mais pas assez pour briser son enthousiasme à l'idée de vendredi soir. Linc s'assura que Jonah parte tôt le mercredi pour avoir le temps de dîner avant son cours, et il lui acheta un burger à la cafétéria le jeudi quand il se retrouva coincé par les entrées de la fin du mois sur les fiches de budget et ne put aller déjeuner. Jonah tenta avec force de ne pas laisser cette attention lui monter la tête. Melissa était sur la côte Ouest pour sa compétition, alors Linc se sentait peut-être un peu seul.

À seize heures, vendredi soir, Linc sortit du bureau et se pencha sur celui de Jonah.

— Éteins cet ordinateur. La semaine est officiellement terminée.

— Je ne sais pas, répondit Jonah. Mon patron est très exigeant. Je ne veux pas qu'il pense que je pars à l'avance.

— Ouais, j'ai entendu dire qu'il pouvait être un vrai dur.

Jonah pouffa.

— On va quand même prendre le risque, dit Linc. Viens, allons-y. Je te suis, cette fois.

IL fallut un peu plus de temps que d'habitude pour trouver une place, probablement parce que beaucoup de personnes venaient à cette foire au vin. Prism était l'un des points de vente des verres, alors Jonah paya l'hôtesse pour deux avant qu'elle les installe à une table pour quatre qui semblait être la seule disponible.

— C'est une bonne chose qu'on soit arrivés tôt, dit Jonah. Ils ne prennent pas de réservations, et c'est un petit restaurant qui se remplit vite.

Avant que Linc puisse répondre, Wes approcha de la table en portant un plateau avec deux verres à cocktail.

— Je sais que c'est la foire au vin, mais j'ai une nouvelle boisson que j'aimerais que tu testes avant. Ça s'appelle « Get Lucky ».

Il fit un clin d'œil à Jonah, qui espéra vraiment que Linc n'ait pas vu.

— Je suis Wes, et vous devez être Linc.

Il essuya sa main sur son jean avant de la tendre, et Linc la serra.

Le contraste entre les deux était presque amusant – Wes avec son jean noir délavé et son tee-shirt où on pouvait lire « Coucher avec le barman ne vous fera pas boire à l'œil, mais vous pouvez toujours tenter », d'une couleur rose vif qui offrait un contraste saisissant avec ses cheveux bleus en pics ; et Linc, dans sa chemise en jean, son jean, ses bottes, ses cheveux qui effleuraient toujours son col… Jonah devait vraiment se souvenir de lui organiser un rendez-vous chez le coiffeur.

— Ravi de vous rencontrer, dit Linc. Jonah me parle beaucoup de vous.

Jonah supposa qu'il devait s'estimer chanceux que Wes ne lève pas les yeux au ciel.

— Pareil, répondit-il. Je dois retourner au travail, mais testez ça. C'est du rhum infusé au concombre avec du jus de citron et de la menthe. Ça devrait vous offrir un bon début de soirée.

Il serra Jonah dans ses bras avant de retourner au bar.

Linc leva son verre et le tendit vers celui de Jonah.

— À nous, dit-il avec un sourire.

Jonah toucha son verre du sien et prit une gorgée. La boisson était amère et rafraîchissante, mais pas assez pour apaiser le feu qui montait en lui.

— Le menu est sur le tableau, dit-il rapidement en se tournant pour lire la spécialité du jour. Steak de thon ce soir, c'est toujours délicieux, et, oh, des macaronis au fromage et au bison ! C'est ce que je préfère sur leur menu. Enfin, ils n'ont pas vraiment de menu, mais je le commande à chaque fois qu'ils en font.

— Le thon a l'air bon, commença Linc avant que quelqu'un tire une chaise à côté de lui.

— C'est une bonne chose qu'on vous ait vus assis là, ou on n'aurait jamais eu de table, dit Aidan, installant Sammy avant de faire le tour pour prendre la dernière chaise.

— Ça ne vous dérange pas qu'on se joigne à vous, pas vrai ?

Bien qu'il était sincèrement tenté de dire le contraire, Jonah répondit :

— Non, bien sûr que non. Voici mon patron, Lincoln Courtwright. Linc, voici mes amis, Aidan Jacobs et Samuel Tanner. Ils vivent à côté de chez nous.

— Ça doit être vous le propriétaire de ce grand ranch, dit Sammy. Vous avez l'air d'un vrai cow-boy, pas comme un de ces jolis garçons qui se déguisent. « Tout dans le chapeau et rien dans la ceinture », dirait ma maman.

Jonah se demanda ce que Linc pensait de la chemise arc-en-ciel que portait Sammy avec son pantalon rouge slim, ou du haut violet d'Aidan avec son jean remonté sur ses cuisses. Il était personnellement prêt à se faire engloutir par un trou dans le sol.

— Je possède un ranch, admit Linc. Je porte même des chapeaux quand j'y suis, parfois.

Aidan éclata de rire.

— Je parie que vous avez aussi ces boucles de ceinture. On n'a pas une carrure pareille juste en montant un bureau.

Jonah tenta désespérément de chasser les images que cela lui donnait, et fut pathétiquement soulagé quand la serveuse vint prendre leur commande.

LINC invita Sammy et Aidan à se joindre à eux pour la foire au vin quand ils eurent fini de dîner, et après s'être arrêté au bar pour dire au revoir à Wes – et pour que Linc glisse un pourboire généreux dans le pot –, ils se dirigèrent vers Bishop Avenue.

— La plupart des boutiques sont ici ou sur Davis Street, dit Jonah. On peut marcher et s'arrêter partout où tu en auras envie.

— Tu dois le conduire au chocolatier Dude, insista Sammy. Ils font les meilleures truffes qu'on puisse imaginer.

— Et après ça, Emporium Pies, si la queue n'est pas trop longue, ajouta Aidan.

— Il ne plaisante pas à ce sujet, dit Jonah, en désignant une file qui sortait par la porte de ce qui semblait être un petit cottage et s'étirait jusqu'à la moitié du pâté de maisons.

— Ils n'en font que six ou sept types par saison, mais elles sont délicieuses.

— On s'arrêtera là avant de partir, promit Linc. Mais pour le moment, montre-moi le chemin. Je suis à toi.

Jonah ravala un grognement et se dirigea vers la rue. Ça allait être une longue nuit.

Chapitre sept

VU son état de gêne presque constant durant le dîner, Jonah était surpris de voir combien il appréciait le reste de la soirée. Le temps était toujours aussi chaud qu'on pouvait s'y attendre début septembre, mais les arbres qui bordaient la rue offraient de l'ombre sous le soleil couchant, et une légère brise s'ajoutait à l'air des climatiseurs qui s'échappait par plusieurs portes de boutiques ouvertes. Peut-être que les cocktails de Wes étaient plus forts qu'il n'y paraissait – même si Jonah avait pris soin de se limiter à une petite gorgée de chaque –, mais il se sentait étrangement détendu alors qu'ils marchaient de boutique en boutique. Linc ne semblait pas du tout rebuté à l'idée que Sammy et Aidan se joignent à eux, il pouffait même aux commentaires les plus déplacés de Sammy et raconta quelques incidents sur le ranch qui les firent tous rire. Il semblait charmé par la variété de boutiques de vêtements, de salons, de magasins d'antiquités, de boutiques cadeaux, alors qu'ils allaient et venaient. Il acheta même une boîte de truffes au chocolat quand ils s'arrêtèrent à la chocolaterie vers la fin de leur promenade. Jonah ne put s'empêcher de se demander si c'était un cadeau pour Melissa, quand elle reviendrait de sa tournée de rodéo.

Son retour n'était toujours prévu que dans deux semaines, et c'était la seule explication que Jonah pouvait trouver au fait que Linc semblait passer de plus en plus de temps avec lui quand il était au bureau. Il avait commencé à inviter Jonah avec lui au déjeuner – celui-ci n'avait accepté qu'à condition qu'ils paient chacun leur part –, ou à lui apporter à manger les jours où il était trop occupé par son travail pour sortir. Les soirs de cours, Linc s'assurait que Jonah quitte le bureau avec assez d'avance pour s'arrêter quelque part afin de manger avant. Il avait même mentionné que Jonah devrait venir au ranch un de ces jours, pour qu'il puisse voir de lui-même les exploitations bovines et énergétiques. Jonah se disait sans arrêt qu'il ne devait pas s'imaginer trop de choses, ce n'était que de l'amitié. Il savait que Melissa avait appelé plusieurs fois quand Linc était au travail, puisque les seules fois où son patron fermait la porte, c'était quand il était avec elle. Jonah se forçait à sortir en boîte avec ses amis chaque week-end et à danser et discuter avec plusieurs hommes qu'il rencontrait, mais aucun d'entre eux n'éveilla d'étincelle en lui comme Linc le pouvait à chacun de ses sourires.

Deux semaines après la foire au vin, Linc était en rendez-vous avec des foreurs de gaz naturel aux méthodes écologiques, comme il l'avait programmé, quand Melissa entra dans le bureau. Jonah ne suivait pas le rodéo et ignorait si elle avait ou non eu de bons résultats, mais à en juger par le large sourire sur son visage, il présumait qu'elle était heureuse d'elle.

— Je viens chercher Linc pour le déjeuner. Dites-lui que je suis là.

Elle repoussa une longue mèche de cheveux blonds derrière son épaule. Jonah remarqua qu'elle portait le bracelet Tennis en saphir qu'il avait commandé, avec une robe élégante de plusieurs teintes de bleu accordées à la couleur de ses yeux. Une ceinture en argent accentuait sa taille fine, et une fente sur le côté de sa robe attirait l'attention sur ses longues jambes et ses bottes grises en peau d'autruche.

— Monsieur Courtwright vous attendait-il ? demanda Jonah, sachant parfaitement que non.

Linc ne prévoyait jamais rien les jours où des rendez-vous importants avaient lieu, puisqu'il ne savait jamais s'ils n'allaient pas s'éterniser et il ne voulait pas avoir à mettre fin à une discussion prometteuse.

— Il sait que je suis rentrée hier soir, dit Melissa. On en a longuement parlé au téléphone la veille de mon retour.

Jonah dut cligner des yeux pour chasser l'image de Linc, allongé sur le lit, les draps enveloppés autour de ses jambes mais exposant son torse, sa voix rauque alors qu'il murmurait à Melissa combien elle lui manquait…

— Et je voulais lui faire une surprise.

C'était bien une surprise, et elle n'était pas la bienvenue, pour ce que Jonah en pensait.

— Je suis désolé, Mademoiselle Cutler, mais il est en rendez-vous toute la matinée. Je ne sais pas pour combien de temps ils en ont encore.

— Pourquoi ne l'appelleriez-vous pas pour lui dire que je suis là ?

Son sourire possessif semblait presque prédateur.

— Je suis certaine que cela l'encouragera à terminer rapidement tout ça.

— Monsieur Courtwright est très strict quand il s'agit d'interrompre un rendez-vous.

Vous devriez le savoir, se dit Jonah. *Vous avez si souvent tenté de me convaincre de le faire quand vous appelez.*

— Si vous voulez bien attendre, vous pouvez prendre ce siège.

Il fit un geste vers deux fauteuils tapissés qui encadraient une table couverte de magazines d'élevage.

— Puis-je vous servir une tasse de café ou de l'eau ?

Melissa regarda la porte du bureau de Linc comme si elle songeait sérieusement à l'ouvrir et à en tirer son amant par la peau du cou, aussi Jonah s'éclaircit la gorge, se demandant s'il allait devoir la retenir. Mais elle se contenta de marmonner avec mécontentement dans sa barbe et de s'asseoir brutalement sur l'un des fauteuils.

— Café, avec du lait écrémé et deux sucres Splenda, dit-elle comme si elle était au restaurant.

Jonah se leva de son bureau et traversa la salle d'attente pour glisser un jeton dans la machine, puis vérifia dans le petit frigo sous le comptoir. Comme il s'y attendait, il y avait des sachets de crème individuels, puisque Linc prenait son café noir et que Jonah en buvait à peine au travail. Il ajouta le tout quand le café eut fini de couler et l'apporta à Melissa.

— Je suis désolé, nous n'avons pas de lait écrémé, alors j'ai dû utiliser du demi-écrémé.

Elle leva le regard de son smartphone et fit un signe de la tête vers la table en fronçant les sourcils, sans rien dire. Jonah posa la tasse et retourna à son bureau, espérant que le rendez-vous de Linc finirait vite.

Malheureusement, Linc n'avait aucune idée de la tension grandissante à l'extérieur de son bureau. Melissa but son café et passa encore du temps à jouer avec son portable, mais quand une demi-heure fut passée, elle se leva et commença à tourner en rond. Il était impossible pour Jonah de se concentrer sur l'e-mail qu'il tentait d'écrire pour le comptable de Linc, car à chaque fois que Melissa passait devant lui, il craignait qu'elle entre dans le bureau de son patron.

Presque une heure passa avant que la porte du bureau de Linc s'ouvre et qu'il entre dans la salle d'attente, accompagné du représentant de DrillTech Energy. Linc regarda Melissa et Jonah, qui haussa les épaules, mais il ne la salua pas immédiatement.

— Merci de m'avoir accordé du temps, et vous aurez de mes nouvelles rapidement dès que j'aurai terminé mes évaluations, dit-il en serrant la main du représentant.

Ce ne fut que quand l'homme fut parti qu'il se tourna vers Melissa.

— C'est une bonne surprise. J'espère que tu n'as pas attendu trop longtemps ?

Melissa semblait sur le point d'exploser.

— Je n'aurais pas eu à attendre si ton chien de garde t'avait prévenu de mon arrivée. Il m'a laissée assise là pendant plus d'une heure…

Linc intervint immédiatement.

— Jonah est mon assistant administratif, pas mon chien de garde, et il a fait exactement ce que je lui ai dit de faire dans ce genre de cas. Si j'avais su que tu comptais passer, je t'aurais dit que j'avais un rendez-vous ce matin qui risquait de durer longtemps.

Il prit une grande inspiration et sourit, mais aux yeux de Jonah, ça paraissait forcé.

— Pourquoi ne viendrais-tu pas déjeuner avec moi, et tu me raconteras tout de ta tournée.

Melissa secoua la tête avec assez de force pour faire voler ses cheveux autour de ses épaules.

— Si tu penses qu'on va continuer comme ça, on va devoir parler de certaines choses.

Elle désigna Jonah du doigt, qui baissa le regard de gêne.

— Il doit savoir que quand j'appelle, il peut te faire passer mes coups de fil. Et toi…

Elle désigna Linc.

— Tu dois savoir que notre relation est ta priorité. Je ne vais pas passer après tes rendez-vous, tes vaches et ton « assistant ».

Jonah n'avait vraiment pas envie d'être au milieu de cette dispute, mais Melissa se trouvait devant la porte, mains sur les hanches, fusillant Linc du regard, et à moins qu'elle ne se déplace, il ne pouvait la contourner pour partir du bureau. Il détourna sa chaise et tenta de se concentrer sur son écran, mais il n'arrivait pas à bloquer la voix de Linc, qui semblait bien plus froide qu'il l'avait jamais entendue.

— Quel genre de « relation » penses-tu que nous ayons ?

— On va se marier, bien sûr.

Melissa disait ça comme si c'était l'évidence même, et Jonah espérait qu'aucun d'entre eux ne prêtait attention à lui, parce qu'il était certain d'avoir grimacé. Il ne savait pas s'il pourrait continuer à travailler pour

Linc si gérer Mme Melissa Courtwright faisait tout à coup partie de ses attributions.

La voix de Linc était étonnement calme.

— Je ne me souviens pas te l'avoir demandé, Melissa.

Elle rit nerveusement.

— Eh bien, ce n'est qu'une question de temps, pas vrai ? Un homme n'offre pas ce genre de cadeau s'il n'est pas sérieux.

Jonah tenta de se fondre dans sa chaise. Il n'avait pas à croire ce qui se passait. Elle basait les sentiments de Linc sur quelques cadeaux qu'il avait dû choisir pour elle ? Oh, bon sang, était-ce de sa faute parce qu'il faisait trop bien son travail ? Il était tenté de regarder l'expression de Linc par-dessus son épaule, mais impossible de ne pas attirer leur attention sur lui s'il faisait ça.

— Melissa, on a passé du bon temps ensemble, mais je pensais que tu comprenais que ça s'arrêtait là.

Melissa en eut le souffle coupé et Linc parla plus gentiment encore :

— Je suis désolé si je t'ai donné une fausse impression, mais tu cherches plus que ce que je suis prêt à te donner. Je pense qu'il vaudrait mieux en rester là.

— Quoi ? cria Melissa d'une voix perçante. Tu crois que tu peux me jeter comme ça ? Tu n'as aucune idée de ce que tu perds, Lincoln Courtwright ! Je ne vais pas te laisser me traiter comme ça. Tu crois qu'une autre femme voudra sortir avec toi quand elle aura entendu ce que j'ai à dire sur ton compte ?

Jonah n'était pas sûr de comprendre comment Linc pouvait rester calme face à la méchanceté de Melissa.

— Je me fiche de ce que tu peux raconter sur moi, Melissa. Je crois qu'il est clair que nous ne recherchons pas la même chose. Nous serons tous deux bien plus heureux si nous arrêtons de nous voir.

— Plus heureux ?

Jonah risqua un rapide coup d'œil par-dessus son épaule. Le visage de Melissa était tordu de colère, il était difficile de croire qu'il s'agissait de la même femme élégante qui était entrée dans le bureau, alors que l'expression de Linc aurait pu être taillée dans la pierre.

— On verra à quel point tu seras heureux quand tout le monde saura ce que tu es vraiment. On verra quand les gens arrêteront de penser que tu es un cadeau de Dieu envoyé aux femmes et ne voudront plus avoir affaire avec toi. Qui achètera alors ton bœuf bio hors de prix ? La seule façon pour que quelqu'un couche avec toi, ça sera si tu prends une de tes foutues vaches au lit !

Cela choqua Jonah au point où il se tourna avec sa chaise. Il ignorait comment Linc arrivait à ne pas répondre à ses tirades. Mais, quelle que soit la réaction que Melissa espérait, Linc ne la lui offrit pas. Il passa simplement à côté d'elle pour ouvrir la porte en verre du bureau et la lui tint ouverte.

— Je crois que nous n'avons plus rien à nous dire, Melissa. Passe une bonne journée.

Melissa donna une claque sur la joue de Linc. Quand même avec ça, elle n'eut aucune réaction de sa part, elle tourna les talons et partit à toute allure du bureau en marmonnant dans sa barbe.

Linc se tourna vers Jonah avec un sourire triste.

— Eh ben dis donc.

Chapitre huit

— **JE** suis désolé, dit Jonah.

Il n'était pas vraiment désolé que Melissa ne fasse plus partie du tableau. Elle n'avait fait que montrer son vrai visage avec sa crise immature, et Linc méritait quelqu'un de bien mieux.

— Je ne voulais pas rester assis là à écouter tes affaires personnelles, mais j'étais un peu coincé à mon bureau. Je ne pouvais pas la contourner pour sortir, ou je serais allé me chercher à manger et tu aurais peut-être trouvé une solution.

Même si je suis heureux de ne plus la revoir, ajouta-t-il pour lui-même.

— Je suis juste désolé que tu aies eu à y assister, ça a dû être très gênant pour toi.

Linc soupira.

— Déjeuner semble être une bonne idée. Partons d'ici et trouvons à manger. C'est moi qui invite, pour me faire pardonner cette scène.

Jonah ne protesta pas, même s'il aurait normalement insisté pour payer son repas. Il se dit que Linc avait eu assez de confrontations pour la journée.

— On pourrait aller chez Cindi's. Ce n'est pas loin, et l'heure normale du déjeuner est assez passée pour qu'il n'y ait pas trop de monde.

— Je conduis, proposa Linc, et puisque Jonah n'avait aucune bonne raison pour qu'ils prennent chacun leur voiture, il accepta.

Malgré son âge, l'intérieur de la Ford de Linc était en bon état.

— J'espère que ça ne te dérange pas si on baisse les vitres, dit Linc tout en roulant dans le parking. La climatisation fonctionne, mais il faut du temps pour que ça refroidisse, on sera arrivés avant.

— Ça me va, dit Jonah en baissa sa vitre. Je passe tellement de temps sous un climatiseur que parfois, j'ai envie de baisser les vitres et laisser l'air souffler dans mes cheveux, même si c'est de l'air chaud.

— Mon père appelait ça le climatiseur quatre-soixante, dit Linc en riant. Ouvre les quatre vitres et roule à minimum soixante. Quoiqu'avec cette camionnette, je ne peux ouvrir que trois fenêtres, et c'est en comptant celle qui donne sur la plate-forme.

Jonah eut tout à coup cette image où il roulait le long d'une route de campagne avec Linc, sauf que dans cette image, il était assis au milieu de la banquette, le bras de son patron autour de lui, et non aussi près de la portière qu'il l'était maintenant.

— Comment s'est passé le rendez-vous avec DrillTech ? demanda-t-il pour chasser ses idées dangereuses.

— Ils ont quelques propositions intéressantes pour du forage horizontal, mais j'aimerais voir ce que les autres proposent avant de prendre une décision.

Linc engagea sa camionnette sur le parking à côté du Cindi's, mais ne dit rien avant qu'ils soient installés. La serveuse leur donna le menu, prit leur commande de deux thés glacés et des sandwiches au corned-beef puis les laissa. Le sourire Linc redescendit alors.

— Je suis désolé si Melissa t'a donné du fil à retordre chaque fois qu'elle appelait. Tu aurais dû me le dire. Devoir la gérer ne fait pas partie de tes fonctions.

Linc eut un petit rire.

— Même si j'imagine que si tu n'avais pas été si doué pour lui choisir ses cadeaux, elle ne se serait pas tant fait d'idées. Je crois que ça non plus, ça ne fera plus partie de tes fonctions. Parfois, je ne comprends simplement pas les femmes.

On est deux, pensa Jonah. Caylee était la seule femme qu'il ait jamais réussi à comprendre, et il ne comprenait toujours pas ce qu'elle voyait en Jack Ballinger. Il ne comprenait pas comment quelqu'un qui avait la chance de sortir avec Linc pouvait tout foutre en l'air.

— Ça ne me dérangeait pas. Mais je suis désolé qu'elle ait été aussi mauvaise avec ça. Est-ce qu'elle peut vraiment te mettre des bâtons dans les roues ?

Il ne pouvait pas croire que Linc ait pu faire quelque chose qui aurait donné de fausses idées à Melissa, mais ça n'aurait aucune importance si les gens buvaient ses mensonges.

— Elle peut dire tout ce qu'elle veut sur moi.

Linc se tut quand la serveuse revint avec leurs boissons.

— Les gens qui me connaissent ne l'écouteront pas. Et je me fiche totalement des autres.

— Mais elle ne peut rien faire contre ton entreprise ?

Linc pouffa.

— Les gens achètent mon bœuf pour sa qualité, pas pour ce qu'ils pensent de moi personnellement. Ne te tracasse pas avec ça, je ne suis pas près de couler. Ton travail ne risque rien.

— Je ne m'inquiète pas pour mon travail, je m'inquiète pour toi.

Dès qu'il l'eut dit, Jonah eut envie de se frapper. Heureusement, la serveuse revint avec les assiettes, ce qui lui permit de reprendre son souffle et d'espérer que son visage n'était pas aussi rouge qu'il le pensait.

Linc le regarda pensivement avant de prendre une bouchée de son sandwich. Heureusement, il ne sembla pas lire plus dans l'aveu de Jonah que de la simple amitié.

— Tu dois venir au ranch ce week-end, dit-il au bout d'un moment. Ça t'aidera à être plus familier avec les deux côtés des opérations, le troupeau et la récolte d'énergie. Je serais heureux de t'y conduire si tu veux venir.

Jonah faillit s'étouffer sur son corned-beef et dut le faire passer avec son thé glacé. Bien sûr qu'il adorerait aller au Broken Spoke, mais il arrivait à peine à contenir son attirance pour un simple repas d'affaires comme celui-ci, comment pouvait-il affronter toute une journée avec Linc ? Au moins dans le bureau, ils passaient beaucoup de temps séparés, mais à moins que Linc confie sa visite du ranch à un employé, ils allaient passer la journée ensemble. Son esprit traître forma une image de Linc en jean moulant usé aux bons endroits, les boutons de sa chemise de cow-boy défaits sous la chaleur. Sur un cheval, avec la selle qui moulerait parfaitement ses fesses fermes… Jonah ferma les yeux et lutta contre l'excitation. Ce serait un vrai rêve, mais laisser ses sentiments pour Linc lui échapper serait un cauchemar.

— Tes amis sont les bienvenus s'ils le désirent, ajouta Linc quand Jonah réalisa qu'il n'avait pas répondu.

— Ce serait super, se força-t-il à dire. Je leur demanderai ce soir.

— Bien, dit Linc avec un sourire. Faisons ça vendredi.

Jonah espérait que son sourire n'était pas aussi tendu qu'il le sentait.

— **PFIOUF,** quelle journée !

Jonah se laissa tomber sur une chaise devant leur petite table à manger. Wes était en train de cuisiner quelque chose qui sentait terriblement bon et impliquait du bacon.

— Si mauvaise ? répondit Wes. Je croyais que toute journée à Linc-Land était parfaite. Que s'est-il passé ?

— Que ne s'est-il pas passé ? grogna Jonah. Tu fais quoi ? Ça a l'air délicieux.

— Salade allemande chaude aux pommes de terre. Aidan fait griller des burgers et des saucisses Bratwurst sur son nouveau monstre en acier inoxydable.

Il éteignit la plaque et vint vers la table, puis tourna une chaise et s'y installa à califourchon.

— Maintenant, crache le morceau. Qu'est-ce qui se passe ?

— La petite amie de Linc est venue au bureau aujourd'hui.

Il avait suffisamment parlé de Melissa à Wes pour que celui-ci lui fasse signe de continuer.

— Il était en rendez-vous et ne l'attendait pas, et elle s'est énervée d'avoir dû l'attendre. Quand il a finalement terminé le rendez-vous et a eu du temps pour elle, elle a craqué. Elle a fait une crise, alors que j'étais assis là, et Linc a fini par lui montrer la porte.

— De ce que tu me dis, ça semble une bonne chose, fit remarquer Wes.

— Pour lui, peut-être, mais pas pour moi, dit Jonah en fronçant les sourcils. Au moins quand il sortait avec elle, je pouvais me dire qu'il était déjà pris. Je n'ai même plus cette raison rationnelle.

— Peut-être qu'il va enfin remarquer tes excellents attributs.

— Il est toujours hétéro, lui rappela Jonah. Il sait que je suis gay, mais je ne veux pas mettre mon travail en danger en lui faisant savoir ce que je ressens pour lui. C'est déjà pas passé loin au déjeuner.

— Jonah avait l'air d'un type plutôt décent quand je l'ai rencontré la nuit de la foire au vin. Ça n'a pas l'air d'être le genre à te virer, même s'il découvre que tu as le béguin pour lui.

C'était peut-être un béguin au début, et Jonah le savait, mais il avait appris à mieux connaître Linc depuis ces dernières semaines, et il ne pouvait plus faire comme si ce n'était que ça. Il était tombé amoureux de Lincoln Courtwright, mais il n'était pas prêt à l'admettre à qui que ce soit, pas même Wes.

Avant qu'il puisse trouver une réponse, la porte de derrière s'ouvrit et Sammy et Aidan entrèrent dans la cuisine. Aidan portait un plateau de viande grillée et de burgers végétariens, et Sammy avait un plateau de tomates, laitue, oignons rouges, avocats, et de plusieurs types de fromages, ainsi qu'un sachet de petits pains frais.

— Le dîner est servi, annonça Sammy, déposant ses offrandes sur le comptoir à côté des burgers et saucisses. Mangez tant que c'est chaud.

Jonah attendit qu'ils aient fini de manger avant de les informer de l'invitation de Linc.

— Alors, mon patron a demandé si vous voulez venir passer la journée de vendredi à Broken Spoke. Il veut que j'apprenne à connaître le troupeau et les exploitations de pétrole et gaz sur le terrain, mais il vous a tous invités si vous voulez venir.

Sammy secoua la tête.

— Peux-tu imaginer cet être humain fabuleux…

Il désigna son débardeur résille et son jean à impressions tropicales.

— Sur un ranch ? Avec les vaches et les chevaux sales et puants et qui sait quoi d'autre encore ? Merci, mon cœur, mais non, merci.

— Et ça ne me dérangerait pas, mais je travaille, dit Aidan.

Jonah tourna un regard suppliant vers Wes.

— Je suis censé travailler vendredi soir, mais j'imagine que je peux demander à Nate s'il voudrait bien échanger avec moi contre le samedi, répondit-il. Je ne pourrai pas aller en boîte avec toi samedi soir, mais j'imagine que ça ne te dérangera pas. Bien que je ne vois pas pourquoi tu es si nerveux à l'idée d'y aller seul. Tu as grandi dans un ranch, après tout.

— J'ai grandi dans une ferme, corrigea Jonah. Même les ranchs les plus grands autour de nous ne font pas le dixième de Broken Spoke.

— Ouais, mais ce n'est pas le ranch le problème, pas vrai ? dit Wes avec un sourire machiavélique. C'est l'idée de passer toute la journée seul à seul avec ton patron sexy dans toute sa beauté de cow-boy.

Aidan et Sammy ricanèrent. *Le problème avec les amis, c'est qu'ils nous connaissent trop bien*, songea Jonah. Non pas qu'il y renoncerait pour un empire.

— Alors tu viens avec moi ou non ?

— Tant que je peux échanger mon jour de travail, accepta Wes. Encore que tu pourrais très bien y aller seul si je ne peux pas. Après tout, qu'est-ce qui pourrait se passer de mal ?

Après la journée qu'il venait de passer, Jonah n'avait pas vraiment envie de tenter le diable.

Chapitre neuf

— **WES,** allez ! Il faut qu'on y aille !

Jonah faisait les cent pas en bas de l'escalier, pressé de partir. Wes avait pu changer ses heures avec un collègue pour pouvoir venir avec Jonah au ranch, mais comme il travaillait en général le soir, il n'était pas du matin, et essayer de le faire bouger demandait pas mal d'efforts.

— Si tu ne ramènes pas tout de suite tes fesses, je pars sans toi.

— Après m'avoir supplié avec tes yeux de chien battu pour que j'échange avec Nate ? Ouais, je te crois.

Wes descendit l'escalier en bâillant.

— J'espère que tu as fait beaucoup de café. Il va falloir que je me shoote à ça si je dois me réveiller si tôt.

— Sérieusement ? Tu vas porter ça ?

Jonah désigna son tee-shirt qui proclamait « Oui, je suis du Texas. Non, je ne suis pas un bœuf. »

— J'ai pensé que ce serait approprié, vu qu'on va sur un ranch.

Jonah secoua la tête.

— Il y a un thermos de café pour toi sur la table. Mets tes chaussures et on y va.

— Combien de chances pour que je marche dans une bouse de vache ? demanda Wes. Je détesterais ruiner mes nouvelles Vans.

Heureusement pour le self-contrôle de Jonah, Wes sourit.

— Je te fais marcher. Contrairement à Sammy, je me fiche que la fabuleuse personne que je suis se salisse, si c'est pour la bonne cause.

Il enfila ses chaussures arc-en-ciel sans lacets et attrapa le thermos sur la table.

— Allons-y.

IL fallut presque trois heures pour arriver au ranch, bien qu'arriver à conduire à travers le trafic matinal à Dallas et Fort Worth était le pire. Wes sommeilla le plus gros du trajet, ce qui laissa pas mal de temps à Jonah pour se demander si c'était vraiment une bonne idée, mais il ne voyait aucune explication raisonnable pour dire à Linc qu'il ne voulait pas venir. Et il voulait vraiment voir le ranch, et surtout en apprendre un peu plus sur les procédures de forage de pétrole et de gaz. Il espérait que ce serait assez intéressant pour détourner son attention de son patron bien trop fascinant.

Une fois qu'il fut sorti de l'autoroute 30 pour des plus petites routes, Jonah réveilla Wes pour l'aider à trouver leur chemin.

— Google Maps à la rescousse, déclara son ami en ouvrant l'application sur son téléphone.

Il dirigea Jonah sur les routes, jusqu'à la dernière route à deux voies où un panneau indiquait un ranch.

— Linc a dit que ce ne serait pas difficile à trouver, dit Jonah avec hésitation juste après.

— J'imagine que c'est ça.

Wes désigna une arche en métal qui coupait les kilomètres de barrières qu'ils avaient suivis. Au-dessus de l'arche pendait une roue de chariot avec un rayon manquant.

Jonah tourna sur le chemin bien entretenu, puis continua sur deux bons kilomètres avant qu'ils voient autre chose que des pâturages des deux côtés de la route. Finalement, ils arrivèrent à une longue maison de ferme en bois, avec des fenêtres sur pignon sous le toit et un grand porche qui faisait toute la largeur de la maison.

— Pas aussi sophistiquée que celle dans *Dallas*, fit remarquer Wes alors que Jonah se garait. Mais c'est assez impressionnant.

Quand ils furent sortis de la camionnette, Linc les attendait sur le porche.

— Bienvenue à Broken Spoke. J'espère que vous n'avez pas eu de mal à trouver.

— Aucun problème une fois que nous étions sortis de la région du Metroplex, dit Jonah.

Linc n'était pas habillé très différemment des jours de bureau. Son jean était peut-être un peu plus usé et délavé, ses bottes plus faites pour le travail que pour être jolies, mais étrangement, ces petites différences le rendaient encore plus attirant aux yeux de Jonah. Ou peut-être était-ce son attitude, réalisa-t-il. Linc n'avait jamais été très à cheval sur les formalités, mais il semblait un peu plus détendu, son sourire un peu plus chaleureux, comme si être au ranch lui convenait plus que d'être en ville. Jonah réalisa qu'il le fixait et baissa rapidement les yeux.

— Tu te souviens de mon ami, Wes ?

— Oui, bien sûr.

Linc lui tendit la main avec un sourire.

— J'adore le tee-shirt.

Wes fit un sourire moqueur à Jonah avant de la serrer.

— La journée va être chaude. Entrez boire du thé avant qu'on commence.

L'intérieur de la maison était aussi agréable que l'extérieur, avec le parquet en bois lisse et les murs blanchis à la chaux. Les meubles étaient très clairement dans la famille depuis des générations, mêlés avec d'autres plus récents, dans un espace chaleureux et accueillant. Une dame âgée était assise sur un canapé, un plateau composé d'un pichet de thé glacé et plusieurs verres posé sur la table devant elle.

— Jonah, Wes, voici Eloise Courtwright, la femme de mon défunt père. Eloise, voici mon assistant Jonah Hollis et son ami Wes…

Il hésita, et Jonah tenta de se souvenir s'il lui avait donné son nom de famille.

— Paterson, termina Wes en lui tendant la main.

La femme regarda ses cheveux bleus, ses bras tatoués et son tee-shirt et ses traits se durcirent.

— Ravie de vous rencontrer, dit-elle sèchement en serrant la main de Wes avec une moue de dégoût, avant de le relâcher aussi vite que possible.

Linc fronça les sourcils, mais ne fit aucun commentaire.

— Asseyez-vous, dit-il. Eloise, tu pourrais nous servir du thé, s'il te plaît ?

La vieille dame versa quatre verres et les disposa autour du plateau, puis ajouta du sucre au sien, ne voulait clairement pas engager la discussion.

— Le cheval est le meilleur moyen de faire le tour de la propriété, commença Linc après un silence gênant. Je peux en faire seller, si vous voulez.

— Je ne suis jamais monté à cheval, dit Wes avec un sourire. Né et élevé en ville.

Jonah n'y avait jamais pensé, il lança donc un regard désolé à son ami.

— Je peux te confier l'un de nos chevaux les plus doux, ou on peut prendre la camionnette, même si ça nous limite aux routes à certains endroits, proposa Linc.

— Non, allez-y tous les deux. Je vais rester ici et papoter avec Eloise.

Wes but son verre d'une gorgée et se resservit.

— Tu es sûr ? souffla Jonah à Wes alors que Linc finissait son thé et se levait.

Le but de prendre Wes avec lui, c'était d'éviter de rester seul avec Linc, mais il ne pouvait pas insister pour que son ami les accompagne.

— Absolument ! Profitez de votre promenade. J'irai très bien ici.

Jonah se leva avec un soupir et se tourna pour suivre Linc. Alors qu'ils sortaient, il put entendre Wes parler à Eloise.

— Vous avez une très belle robe. J'en ai une presque identique moi-même…

Il fit un clin d'œil à Jonah.

— Tu crois que ça ne craint rien de les laisser seuls ? demanda le jeune homme à Linc alors qu'ils se dirigeaient vers la petite grange un peu plus loin de la maison. Je suis par avance désolé pour toutes les choses scandaleuses que Wes va lui raconter.

— Je suis désolé de son comportement, rétorqua Linc. Mais il semblerait que Wes soit tout à fait capable de se défendre.

Il s'arrêta quand ils furent devant la grange.

— Tu sais bien monter ?

— On n'avait pas nos propres chevaux à la ferme, mais j'ai eu assez d'amis qui en avaient pour apprendre à monter, dit Jonah. Tant que tu ne me mets pas sur un cheval sauvage qui veut me piétiner, ça devrait aller.

Linc pouffa.

— Pas de cheval sauvage ici pour le moment. Je vais te passer Honcho. Il ne devrait pas te poser de problème.

Il conduisit Jonah devant un magnifique cheval rouan qui mâchait tranquillement son foin.

— Tu peux le harnacher tout seul ?

— Bien sûr.

Cela faisait quelques années qu'il n'était pas monté à cheval, mais c'était l'une des premières choses qu'il avait apprises, et il n'avait pas oublié.

— La sellerie est par là, dit Linc en désignant un mur d'étagères couvert de couvertures, selles et brides. Prends ce que tu veux, Honcho n'est pas difficile.

Jonah prit ce dont il avait besoin et ouvrit le box d'Honcho, se déplaçant avec prudence pour ne pas l'effrayer.

— Salut, mon grand, souffla-t-il. Et si tu me laissais te monter aujourd'hui ?

Honcho leva la tête pour le regarder, mais n'objecta pas, alors Jonah commença à le seller.

Quand il eut fini, Linc l'attendait devant la grange, debout à côté d'un magnifique cheval louvet. Son patron lui tendit un Stetson.

— Le soleil peut taper dur par là-bas, et il n'y a pas beaucoup d'ombre. Je crois qu'il devrait t'aller.

Jonah le posa sur sa tête.

— Merci. J'ai mis des bottes, mais je n'ai pas pensé au chapeau.

Non pas qu'il ait un chapeau comme celui-ci à Dallas, mais il aurait pu prendre une casquette de base-ball ou un truc du style pour éviter les coups de soleil.

Linc mit son propre chapeau et se mit en selle avec aisance. Jonah déglutit pour lutter contre une poussée de désir quand il vit Linc passer une de ses longues jambes sur le dos du cheval et installer ses fesses fermes sur la selle. Avant que Linc ne puisse remarquer la bosse sur le jean de Jonah, il grimpa sur la selle d'Honcho, cachant une pointe de gêne quand celle-ci pressa contre son sexe. *Voilà qui devrait calmer ma réaction inappropriée*, se dit-il avant de suivre Linc alors qu'il sortait du paddock couvert de la grange.

— Ce n'est pas que le remariage de mon père me dérange, dit Linc une fois qu'ils furent loin de la maison. Ma mère est morte quand j'avais six ans. Il a été seul pendant de longues années.

— Oh, je suis vraiment désolé, dit Jonah.

Il tenta de s'imaginer un Linc enfant, qui devait gérer la mort de sa mère à un si jeune âge.

— Elle était enceinte, et il y a eu des complications, dit Linc. Le bébé est arrivé trop tôt, et les docteurs n'ont pu sauver aucun des deux. Mon père a mal encaissé. Ce n'était déjà pas un homme très démonstratif, mais il s'est encore plus renfermé après ça.

Le cœur de Jonah se serra, autant pour Linc que pour son père, mais il ne savait pas quoi dire qui n'aurait pas été entendu comme des paroles vides de sens. Ils avancèrent un peu plus sans échanger un mot.

— J'étais déjà à l'université quand il a rencontré Eloise, reprit finalement Linc.

Voilà qui explique pourquoi il ne parle pas d'elle comme de sa belle-mère.

— Quoi que je pense d'elle, elle l'a rendu heureux. J'aurais juste voulu qu'elle ne soit pas autant…

Linc avait beaucoup de mal à trouver le bon mot pour la définir.

Homophobe ? songea Jonah, même s'il n'aurait pas dit ça à Linc. *Bornée ? Grincheuse ?*

— Conservatrice ? proposa-t-il finalement.

— C'est une manière de dire ça, s'amusa Linc avec un rire. Tu as de la chance d'avoir encore tes deux parents, même si tu n'en as peut-être pas l'impression.

Il enleva son chapeau, passa une main dans ses cheveux puis le reposa sur sa tête.

— Bref, je suis censé te faire visiter le ranch, pas t'ennuyer avec l'histoire de ma vie.

C'était très loin d'être l'histoire de sa vie, se disait Jonah, mais il était ravi que Linc soit assez à l'aise pour partager tout ça. Il y avait encore tant de choses qu'il aurait voulu savoir, mais il n'insisterait pas. Linc pouvait le lui dire, ou non, à son propre rythme.

— Je t'ai ennuyé avec la mienne, lui rappela-t-il à la place. Nous voilà quittes.

LINC se concentra sur des sujets purement professionnels après ça, et quand ils repartirent en direction de la maison à l'heure du déjeuner, Jonah avait la tête qui tourbillonnait sous le nombre de têtes que le ranch avait dans son troupeau à l'heure actuelle, le nombre de pâturages qu'il utilisait, et toutes les logistiques pour déterminer lesquels faire se reproduire, lesquels sélectionner et lesquels revendre pour la viande. Linc désigna les dortoirs où vivaient les employés du ranch, les granges diverses et les dépendances utilisées pour marquer le troupeau, la reproduction – naturelle ou artificielle – et où les animaux blessés étaient soignés. Ils passèrent plusieurs puits sur leur chemin, et Linc promit de lui en dire plus après le déjeuner sur le forage et le transport des réserves de gaz et de pétrole du ranch.

Jonah ne pouvait s'empêcher de se sentir un peu inquiet à l'idée de ce qu'ils trouveraient en rentrant à la maison. Wes n'était pas mauvais, mais il avait de toute évidence remarqué la réaction d'Eloise sur son apparence et était prêt à jouer de cela sans retenue.

— Eh bien, la maison est encore debout et ta camionnette est toujours là, dit Linc alors qu'ils approchaient, il devait donc partager les mêmes inquiétudes. Je vois ça comme un bon signe.

Quand ils arrivèrent à la grange, un grand cowboy maigre avec une crinière de cheveux blonds les attendait. Linc les présenta dès qu'ils furent au sol.

— Jonah, voici mon contremaître, Ford Slater. Ford, Jonah Hollis.

— On s'est déjà parlé au téléphone, dit Ford en serrant sa main. Chef, la ferme qui a acheté certaines des reproductrices voudrait te parler pour savoir si tu leur en vendrais d'autres. Vu que tu es là, j'ai pensé que tu voudrais leur parler toi-même.

Linc hocha la tête et Ford continua :

— Je peux prendre soin de Cibolo si tu veux y aller maintenant.

— Ça ne te dérange pas ? demanda Linc à Jonah. Je préférerais m'en occuper tout de suite, comme ça on aura l'après-midi de libre. Les affaires avant le plaisir, tout ça.

— Bien sûr, dit Jonah, un peu flatté que Linc voie le fait de passer l'après-midi avec lui comme un plaisir plutôt qu'un travail.

Avant qu'il ne puisse calmer cette pensée, Linc se dirigeait vers la maison et Ford enlevait la selle de Cibolo.

— C'est un plaisir de te rencontrer enfin, dit Ford quand Jonah eut déposé la selle et la couverture d'Honcho sur la barrière qui séparait la grange du paddock. Linc n'a plus ramené d'homme ici depuis que son père est mort.

Les paroles de Ford mirent du temps à faire leur chemin dans son cerveau, mais quand ce fut fait, Jonah aurait pu jurer qu'il était rouge des pieds à la racine de ses cheveux.

— Oh, non, c'est rien de ça, bégaya-t-il. C'est juste… Il pensait que je devrais voir le ranch. On n'est pas… il n'est pas… Je ne savais pas qu'il était…

— Bi ? termina Ford à sa place. Il ne le montre plus trop désormais, mais à l'époque de l'université, quand il faisait encore des compétitions de rodéo, il avait pas mal de groupies des deux sexes qui le suivaient partout.

Jonah se rappela vaguement que Linc lui avait raconté que Ford et lui étaient colocataires à l'époque de la fac.

— Le vieux Courtwright se fichait un peu de savoir où il allait semer son avoine, mais une fois disparu, Linc n'a probablement pas voulu offenser la pauvre Eloise.

Le visage de Ford montrait bien ce qu'il pensait de cette pauvre Eloise.

— Mais on n'est pas... Rien de tout ça ! insista Jonah.

Seulement dans mes rêves les plus fous.

— Ça ne me dérangerait pas si c'était le cas.

Jonah secoua la tête et Ford leva un sourcil, mais laissa tomber le sujet, à son grand soulagement.

— Le déjeuner est servi, dit-il en faisant un geste à Jonah pour qu'il y aille le premier.

Jonah prit une inspiration et se dirigea vers la maison, se demandant comment il pourrait faire face à Linc maintenant qu'il savait ça.

Chapitre dix

FORD conduisit Jonah jusqu'à la porte de derrière et fit un clin d'œil à la femme qui se trouvait dans la cuisine – probablement la gouvernante, se dit Jonah – avant d'entrer dans une grande salle à manger. Comme promis, la table était déjà mise, des assiettes de tranches de bœufs, de coleslaw, de salade de pommes de terre et des petits pains étaient étalées sur la nappe blanche. Linc n'avait probablement pas fini son appel, puisque les seuls occupants de la pièce étaient Wes, qui adressa un sourire impénitent à Jonah, et Eloise, dont l'expression austère ne semblait pas s'être apaisée. Espérant que Wes n'ait rien fait de trop scandaleux pendant qu'ils étaient partis, Jonah alla lui présenter Ford.

— Wes, voici le contremaître de Linc, Ford Slater. Ford, voici mon…

Il aurait probablement présenté Wes comme son colocataire, mais vu l'attitude d'Eloise, il se corrigea.

— ... mon ami, Wes Paterson.

— On vit ensemble, annonça Wes, rayonnant, détruisant tous les espoirs de Jonah qu'il calme un peu le jeu.

Ford prit la main de Wes avec un sourire.

— Eh bien, n'es-tu pas mignon, dit Ford d'une voix traînante.

Wes sourit en retour.

— Eh bien, bonjour à toi aussi, grand blond séduisant.

Heureusement, Linc choisit cet instant pour arriver, parce que Jonah avait peur qu'Eloise en fasse une rupture d'anévrisme.

— Je suis d'accord pour lui vendre encore cinquante vaches, dit-il à Ford, bien que le regard qui passa entre eux semblait sous-entendre qu'ils parlaient de plus que du troupeau. Tu ferais mieux de rester déjeuner. Je pourrai te donner les détails avant qu'on reparte.

— Ça me va, accepta Ford. Je préfère largement les repas de Marcela.

Quand ils furent assis autour de la table et que tout le monde se fut servi, Jonah dut reconnaître que la nourriture était excellente. La poitrine de bœuf était délicieuse sans être sèche, les bords un peu roussis ajoutaient une saveur plus riche encore.

— Tu fais fumer ça toi-même ? demanda Wes.

— J'ai une machine que j'ai achetée il y a quelques années, confirma Linc.

Wes prit une autre bouchée et gémit de plaisir.

— Linc adore son barbecue, ajouta Ford sans lâcher Wes du regard.

— Il *faut* qu'on se trouve un fumoir, dit Wes à Jonah. Tu vois les couleurs tout autour de la viande ? C'est le seul moyen pour avoir ce goût.

— J'ai trouvé les côtelettes que tu as fumées à la main la semaine dernière délicieuses, dit Jonah.

— Ouais, mais j'ai dû les faire cuire très lentement dans le four et les laisser reposer des jours avant qu'Aidan les fasse griller. Je pourrais avoir le même résultat en un jour avec un fumoir.

— Tu es chef ? demanda Ford en prenant à nouveau du bœuf.

— Juste un amateur pour le moment, mais un jour, oui.

— Pour le moment, il invente des cocktails, ajouta Linc. Alors, vous avez fait quoi pour vous amuser pendant que je faisais visiter Jonah ?

Jonah n'était pas certain de vouloir entendre la réponse, mais Wes sourit.

— Eloise m'a raconté l'histoire de la famille Courtwright. Elle a remonté l'arbre généalogique depuis l'époque médiévale. Elle a leurs armoiries et tout ça.

— Le nom désignait à la base un métier, ils fabriquaient des charrettes et des roues.

C'était la plus longue phrase que Jonah avait entendue d'Eloise depuis le début de la journée, et sa voix était presque chaleureuse.

— Ce qui rend le nom « Broken Spoke », ou rayon brisé, pour le ranch plutôt approprié. Quoique pour avoir eu des armoiries, la famille devait être de rang noble avant que certains partent pour l'Amérique. Il y a eu des Courtwright dans les colonies dès les années 1600.

— Je devrais faire plus de recherches sur ma généalogie.

Les yeux de Wes brillaient d'une manière dont Jonah avait appris à se méfier.

— Je suis certain qu'il y a pas mal de reines dans mon arbre généalogique.

Ford ravala ce qui ressemblait étrangement à un petit rire, et Jonah se concentra sur la nourriture dans son assiette. Ce repas ne pourrait pas se terminer assez vite.

— J'ai mangé au country club hier, et Katherine Eldridge m'a dit avoir vu Melissa qui dînait avec John Maxwell, dit Eloise après un moment de silence. D'après elle, ils avaient l'air plutôt… proches.

— Il ne lui a pas fallu longtemps pour se remettre, marmonna Ford. Et avec lui, en plus.

Linc lui lança un regard d'avertissement, mais ne dit rien.

— Tu ferais mieux de te dépêcher si tu veux la reconquérir, Lincoln. La rumeur dit qu'il lui a déjà demandé d'être son invitée pour le Bal des Barons du Bétail le mois prochain.

Jonah ignorait ce qu'était le bal des barons du bétail, mais ça semblait important, si l'on en croyait le ton d'Eloise.

— Je suis heureux pour elle, dit sèchement Linc.

— C'est une adorable jeune femme, continua Eloise comme si elle ne l'avait pas entendu. Vous êtes parfaits l'un pour l'autre. Je suis sûre que si tu faisais un effort, vos oublieriez ce malentendu.

Linc repoussa son assiette et se leva.

— Eloise, j'apprécie ton inquiétude, mais ma vie personnelle ne te regarde pas. Remercie Marcela pour le dîner. Ford, je dois te parler pour les termes de la vente de bétail. Jonah, ne te presse pas pour finir ton repas. Tu pourras nous rejoindre quand tu seras prêt.

Jonah n'avait jamais entendu sa voix aussi sèche. Sans attendre Ford, il quitta la salle à manger.

Ford laissa tomber sa serviette sur son assiette et se leva.

— Quand le patron dit qu'on y va… Ravi de vous avoir rencontrés.

Il fit un sourire à Jonah et Wes avant de suivre Linc.

Il y avait encore de la nourriture dans l'assiette de Jonah, mais il n'arriva pas à la terminer. Après avoir joué quelques minutes avec sa fourchette dans un silence gênant, il renonça et écarta sa chaise de la table. Il n'était pas certain qu'il soit prudent de laisser Wes à nouveau seul avec Eloise, mais il ne pouvait pas rester avec elle. C'était une bonne chose qu'elle n'ait pas pensé qu'ils avaient une liaison comme Ford l'avait cru, sans ça, elle les aurait mis à la porte, Wes et lui, aussi vite qu'elle l'aurait pu. Avec un regard vers Wes, qu'il espérait être interprété comme une supplication de ne pas empirer les choses, il retourna vers la grange.

JONAH avait presque atteint le paddock quand il entendit les voix de Linc et Ford sortir de la grange. Il s'apprêtait à les rejoindre quand il surprit le nom de Melissa, ce qui l'arrêta dans ses pas. Les paroles d'Eloise au déjeuner – *Je suis sûre que si tu faisais un effort, vous oublieriez ce malentendu* – lui revinrent, et il se demanda si Linc pouvait regretter d'avoir rompu si brutalement avec Melissa, surtout si elle voyait déjà quelqu'un d'autre. La réponse de Linc avait été bien plus sèche que Jonah se serait attendu de sa part, et même si ça pouvait être dû à l'intervention d'Eloise, c'était peut-être aussi qu'il regrettait sa réaction impulsive face à l'ultimatum de Melissa. Jonah rejoignit le côté de la grange en silence, prenant soin de rester hors de vue.

— … dire qu'elle disait pas mal de saletés sur toi à qui voulait l'entendre, entendit-il Ford annoncer.

— Elle peut dire ce qu'elle veut. Aucune personne importante ne la croira.

— Si elle s'était trouvé n'importe qui d'autre que le grand John Maxwell, ça n'aurait pas été si grave, se plaignit Ford. C'est comme si elle avait délibérément choisi celui qui va t'énerver le plus.

— Je n'aurais aucun problème avec John s'il voulait bien garder ses pesticides loin de mes champs, dit Linc. Je ne peux pas laisser le troupeau dans les champs qui bordent ses terres, parce que je risque de perdre mon certificat d'élevage bio, mais il est trop buté pour écouter la raison. Melissa et lui devraient bien s'entendre.

— Marcela m'a dit à peu près la même chose qu'Eloise : il l'a déjà invitée au Bal des Barons du Bétail. Elle va te l'exhiber toute la soirée.

— Pas si je n'y suis pas, rétorqua Linc. Merde, je ferais mieux de fuir tout ce cirque de la haute société, de toute façon. Ils auront de l'argent que j'y aille ou non, et ça fera deux places de plus si quelqu'un d'un autre ranch veut y aller.

— Et Melissa passera toute la soirée à dire à quel point tu lui as brisé le cœur, se moqua Ford. Tu ne peux pas lui laisser cette satisfaction. De plus, je ne veux pas avoir à passer la nuit à écouter Eloise se plaindre si tu n'y vas pas.

— C'est vrai qu'elle ferait ça, dit Linc en soupirant.

— Et tu ne peux pas y aller seul non plus. Melissa en ferait tout un foin, pis encore que si tu n'y vas pas, insista Ford.

— Mais je n'ai personne.

— Trouve quelqu'un.

— Facile à dire pour toi. Je vais y réfléchir, d'accord ? C'est le mieux que je puisse promettre pour le moment.

— D'accord, répondit Ford. Alors, que veux-tu faire pour ces reproductrices ?

Au moins, Melissa ne semblait pas du tout manquer à Linc, cela le soulageait. Même s'il ne voulait pas imaginer Linc sortir avec qui que ce soit, il espérait qu'il se trouverait quelqu'un de plus approprié que Melissa. Puisque leur discussion personnelle semblait terminée, il redressa les épaules et entra dans la grange comme s'il venait tout juste de la maison. Linc leva la tête et lui fit un signe, sans donner la moindre indication qu'il le soupçonnait d'avoir entendu leur conversation précédente.

— Choisis celles dont on peut se séparer et je transmettrai l'information à Jonah, dit Linc à Ford en prenant la selle de Cibolo pour le diriger vers le paddock. On préparera la facture pour Jackson quand on retournera au bureau.

Pendant que Jonah remettait sa selle à Honcho, prenant un peu plus de temps puisqu'il ne voulait pas courir le risque de blesser ou effrayer les chevaux de Linc, les deux hommes parlèrent de ce qu'ils devraient faire pour préparer le bétail à être livré.

— Tu veux te joindre à nous ? demanda Linc à Ford quand Jonah fut en selle.

— Nah, je n'ai pas besoin de faire le tour des tours de forage avant la prochaine livraison. Je vais commencer à choisir quelques vaches. Faites une bonne promenade. À bientôt, Jonah.

Jonah ne comprenait pas quand Ford pensait le revoir, à moins que Linc l'invite à nouveau au ranch un jour, puisque le contremaître ne venait jamais au bureau. Mais il hocha la tête et fit un signe de la main, même s'il était un peu soulagé que Ford ne les accompagne pas.

— Désolé que tu aies eu à entendre ça. Tu as l'air de toujours te retrouver au milieu des discussions gênantes ces derniers jours, dit Linc alors qu'il les conduisait dans la direction qu'ils avaient prise ce matin même.

Un instant paniqué, Jonah se dit que Linc savait qu'il les avait entendus. Puis il réalisa que Linc parlait de la réaction d'Eloise au déjeuner.

— Elle veut juste ce qui est le mieux pour toi, je suis sûr, dit-il finalement.

Même si ça n'aidera pas à te réconcilier avec Melissa.

— Elle veut que je fasse un bon mariage – d'après sa définition, pas la mienne – et produise la prochaine génération des Courtwright.

Linc fronça les sourcils.

— Ah, merde. Je ne veux pas reparler de ça. Je suis désolé qu'elle ait évoqué le sujet devant toi.

— Je ne savais pas que tu avais fait du rodéo, dit Jonah, cherchant avec peine un moyen de changer de sujet et chasser l'air sombre sur le visage de son patron.

— Qui t'a parlé de ça ? demanda Linc, surpris. C'était bien avant de te connaître.

— Ford l'a mentionné.

Jonah se tut rapidement, se souvenant de cette autre information que Ford avait mentionnée. *Je ne vais pas penser à la bisexualité de Linc. Sûrement pas !*

— Dans…

Il déglutit pour masquer le tremblement de sa voix.

— Dans quel domaine faisais-tu de la compétition ?

— Monte de cheval sauvage avec selle et attrapé de veau. Des compétences que je peux utiliser au ranch.

Voilà pourquoi il est si à sa place sur Cibolo, pensa Jonah.

— J'aurais aimé te voir faire ça.

— C'était avant mes folles années universitaires. Ford et moi faisions une sacrée équipe à College Station, avant que mon père tombe malade.

Cela ramena un froncement de sourcils sur le visage de Linc, et Jonah tenta de penser à un autre sujet qui pourrait tirer Linc de sa mélancolie.

— Il y a un puits juste devant, dit finalement son patron.

Jonah repoussa l'image des cuisses puissantes de Linc enveloppées autour d'un cheval sauvage et se prépara à se concentrer sur le mécanisme du forage de pétrole et de gaz.

Chapitre onze

— **ALLEZ,** Jonah, assez de travail pour la matinée. Allons manger vite fait un bout, dit Linc en sortant de son bureau avant de se pencher sur celui de Jonah.

Son parfum fit immédiatement augmenter le pouls de l'assistant.

— Ça serait super, répondit Jonah.

Dans les semaines qui avaient suivi sa visite au Broken Spoke, Linc et lui avaient mangé ensemble à chaque fois que Linc était au bureau. Linc avait décrété qu'ils n'avaient pas le droit de parler travail durant le déjeuner, alors Jonah avait un peu parlé de ses parents et de son enfance dans la ferme familiale, et Linc avait partagé des histoires de l'époque où il courait des rodéos. Ces heures étaient devenues ce qui embellissait la semaine de Jonah.

— Qu'est-ce que tu lis ? demanda Linc avant que Jonah puisse éteindre l'écran.

Jonah se sentit rougir, alors qu'il n'y avait aucune raison pour qu'il se sente embarrassé. Ce n'était pas comme s'il regardait du porno ou lisait ses e-mails personnels durant les heures de travail.

— Juste un article sur le forage à trou mince et les tubes.

— De la lecture tranquille pour se détendre, hein ?

Linc secoua la tête.

— Tu es précieux, ça c'est sûr. J'ai gagné le gros lot quand je t'ai engagé.

Cette fois, Jonah était certain de rougir.

— Tout ce que tu m'as montré au ranch était intéressant, sur les différentes méthodes de forage et comment le gaz était converti en liquide pour le stockage et le transport. J'essaie de m'éduquer sur ça.

— Et j'apprécie, mais on ne parle pas…

— … de travail durant le déjeuner, termina Jonah à sa place, ce qui fit rire Linc.

— Exact, alors lève tes fesses de cette chaise et allons-y. Il y a un nouveau restaurant mexicain que j'aimerais tester avec toi.

Linc attendit Jonah pour partir avec lui, souriant encore alors qu'il fermait la porte puis roulait la courte distance jusqu'à Main Street.

Dès qu'ils entrèrent dans le Wild Salsa, les arômes de viande cuite, de poivre et d'oignons envahirent les sens de Jonah.

— Wes adorerait ce restaurant, fit-il remarquer tout en admirant le décor coloré *Dia de los Muertos.*

— Et ils utilisent des produits locaux, j'ai lu ça sur leur site Internet, ajouta Linc.

Une fois installés et leurs plats commandés – Jonah avait choisi des carnitas et Linc avait opté pour des tacos d'arrachera –, Linc se pencha en avant et posa les coudes sur la table, se rapprochant assez de Jonah pour qu'il détecte une pointe de parfum frais. Il sentit tout à coup sa bouche s'assécher et se lécha les lèvres avant de boire de l'eau glacée que le serveur venait de servir.

— Jonah, j'aimerais te demander quelque chose, dit Linc. Ça n'a aucun lien avec le travail, alors ne te sens pas obligé d'accepter…

Il tomba dans un silence peu caractéristique. Jonah ne pouvait imaginer ce qu'il avait à lui demander et qu'il risquait de ne pas accepter, mais il attendit.

— J'aimerais que tu viennes avec moi au Bal des Barons du Bétail le mois prochain.

Quoi qu'il se soit attendu à entendre de Linc, ce n'était pas du tout ça.

— Je… je ne suis pas certain de savoir ce que c'est, admit-il. Je me souviens qu'Eloise en a parlé quand nous étions au ranch…

Parce que Melissa y allait avec quelqu'un d'autre.

— C'est une soirée de charité pour l'Association américaine contre le Cancer, expliqua Linc. C'est un événement annuel qui a lieu depuis 1974, et depuis ils ont récolté près de soixante millions de dollars pour les recherches contre le cancer.

Il se tut quand la serveuse leur apporta les assiettes, puis leur demanda ce qu'ils voulaient d'autre, avant de remplir leur verre et de partir.

— C'est une œuvre que je soutiens depuis que mon père est mort du cancer du pancréas.

Jonah ne put s'empêcher de se remémorer la conversation qu'il avait entendue entre Linc et Ford, ce même jour au ranch.

— *Et Melissa passera toute la soirée à dire à quel point tu lui as brisé le cœur*, avait dit Ford.

— *Je n'ai personne*, avait objecté Linc.

Ce à quoi Ford avait répondu :

— *Trouve quelqu'un.*

Il n'arrivait pas à croire que Linc n'avait pu trouver personne d'autre pour l'accompagner, mais il n'avait aucune idée de comment ces soirées fonctionnaient. Si c'était comme le bal de promo au lycée, peut-être que les gens se trouvaient leur cavalier des mois à l'avance, et toute personne que Linc aurait pu inviter s'était déjà engagée auprès de quelqu'un d'autre. Jonah ne voulait pas se laisser imaginer que ça pouvait être autre chose qu'un choix de dernière minute. Sans ça, pourquoi Linc aurait attendu des semaines après que Ford le lui eut fait remarquer ?

Il n'était pas allé à la promo. Il n'avait aucune idée de comment se comporter à un bal de charité. Il ne pouvait pas faire ça. Jonah secoua la tête.

— Je n'aurais pas ma place dans un tel événement.

J'aurais trop peur de t'embarrasser, se dit-il, même s'il ne pouvait l'admettre à voix haute.

— Et puis, tu ne devrais pas y aller avec… une femme ?

— On est au vingt et unième siècle, Jonah, rétorqua Linc. Les couples de même sexe ont le droit de se marier, même dans le super État du Texas. Tout ce que je te demande, c'est de venir à une soirée avec moi.

— Ce n'est pas ne soirée, c'est un bal.

Et je n'ai rien de Cendrillon. Il se mit à rire.

— Je n'arrive pas à croire que je dis ça, mais je n'ai absolument rien à me mettre pour ça.

— Mince, ce n'est pas un problème, dit Linc. Des bottes et un jean feront l'affaire. Pendant de nombreuses années, ça a été organisé par des fermiers. Ils ont des problèmes avec le mauvais temps en ce moment, alors ils ont décidé de le faire en intérieur pour être en sécurité. Cette année, ce sera à Gilley, à la sortie du centre-ville. Et si tu as vraiment besoin de nouveaux vêtements, tu pourras prendre la carte de la société. Prends tout ce dont tu as besoin avec.

Linc rendait ça si facile, mais Jonah était partagé. Il n'arrivait à s'imaginer dans une soirée sophistiquée, mais il pourrait passer la nuit avec Linc… peut-être dans ses bras, à danser… et c'était trop tentant pour résister, même si la seule raison pour laquelle Linc le lui demandait, c'était pour ne pas perdre la face devant Melissa.

Il prit une grande inspiration.

— D'accord. Je viendrai avec toi.

— **J'ARRIVE** pas à croire que j'ai dit oui, gémit Jonah à Wes des heures plus tard.

Ça avait semblé raisonnable quand Linc avait tenté de le persuader, mais il y avait repensé tout l'après-midi, s'était imaginé tout ce qui pouvait aller de travers.

— Je lui dirai demain matin que j'ai changé d'avis.

— Pourquoi tu ferais ça ?

Wes arrêta de remuer la sauce à la cacahuète pour les brochettes de poulet au saté indonésien, dont il avait confié la cuisson à Aidan, et regarda Jonah.

— L'homme sur lequel tu baves depuis que tu as commencé à travailler pour lui t'invite enfin à sortir avec lui pour autre chose qu'un déjeuner, et tu vas dire non ? Qu'est-ce qui ne va pas chez toi ?

— Il ne m'a pas invité à sortir avec lui, enfin, pas dans ce sens-là. Il doit venir avec quelqu'un parce que

Melissa sera là avec un autre. Il ne veut pas avoir l'air de la regretter ou un truc comme ça.

— Tu ne le sais pas.

— En fait, si, je le sais.

Qu'importe combien c'était embarrassant, Wes méritait de connaître la vérité.

— Je l'ai entendu parler avec Ford l'autre jour au ranch.

Wes sourit un instant.

— Mon grand cow-boy blond.

Il se reprit en regardant Jonah.

— Tu sais qu'on n'entend jamais rien de bon en écoutant aux portes.

— Ça ne veut pas dire que c'est faux. Melissa sera là avec un autre rancher, et si Linc n'y va pas ou y va seul, elle va agir comme s'il avait toujours le cœur brisé. Je dois juste prétendre être son cavalier.

— Est-ce que Linc t'a dit ça quand il t'a invité ?

— Non, mais pourquoi me l'aurait-il demandé à part ça ? Même s'il sortait avec des hommes à l'université…

Quoique, de ce que Ford avait dit, ça ressemblait plutôt à des coups d'un soir.

— … il ne m'a jamais invité pour autre chose que des repas d'affaires. Je ne peux pas me permettre d'imaginer plus que ça.

Il ne l'aurait jamais admis à quelqu'un d'autre qu'à Wes, mais il devait être honnête.

— Je ne peux pas prendre le risque de tomber amoureux de lui.

Au temps pour l'honnêteté, se dit-il. *Mais il est trop tard pour ça.*

— La solution, c'est de le faire tomber amoureux de toi, dit Wes en essuyant ses mains sur la serviette accrochée à sa ceinture, puis il contourna la table pour enlacer Jonah. Ne sois pas si dur avec toi-même. S'il a pu sortir avec une personne aussi superficielle que Melissa, tu dois juste lui montrer ce qu'il rate.

Comme si c'était si facile, songea Jonah.

— Je suis sûr qu'elle avait des qualités.

— Ouais, la taille de ses nichons, rétorqua Wes.

— Et comment suis-je censé rivaliser avec ça ?

— Tu n'as pas à le faire. Tu as un beaucoup plus beau cul qu'elle. Et si Linc *est* bi, je te garantis qu'il l'a remarqué.

— Remarquer quoi ? demanda Aidan, entrant avec le plateau de brochettes au saté.

— Le cul de Jonah, répondit Wes en plaçant la sauce cacahuète et le riz aux pois chiches sur la table.

— Et c'est un *trèèèès* beau cul, confirma Sammy en les rejoignant. Pourquoi on parle du cul de Jonah ?

— Parce que son patron l'a invité au Bal des Barons du Bétail.

Avant que Wes puisse en rajouter, Sammy couina de bonheur.

— Oh, tu es un gay très, très chanceux ! Le Bal des Barons du Bétail est l'événement de la saison à Dallas.

— Ça n'a aucune importance que ce soit l'événement le plus important du pays, dit Jonah, parce que je n'irai pas.

— C'est de l'imbécillité totale, insista Sammy. Tu dois nous représenter.

— Tu peux m'imaginer à un événement caritatif aussi chic ?

— Oui, répondit Aidan. Quel est le problème ? Ce sont des gens comme tout le monde.

— Des gens avec bien plus d'argent que j'en aurai jamais.

— Quelle différence ? demanda Sammy. Et puis, tu seras délicieux à regarder, ils voudront tous être à ta place.

— Linc a dit qu'un jean et des bottes suffiront, dit Jonah, incertain.

— Il y a bottes et bottes, si tu vois ce que je veux dire. Tu ne peux pas y aller en jean et bottes comme quand tu as visité le ranch.

Puisque c'était exactement ce que Jonah avait prévu, cela renforça son avis qu'il devait annuler. Son désarroi devait être visible, parce que Sammy sourit.

— Ne t'inquiète pas, bébé. Je t'emmènerai faire du shopping et te trouver ce qu'il faut. Fais-moi confiance, et tu seras le plus beau du bal.

Il savait que Sammy voulait être rassurant, mais l'idée le terrifiait.

Chapitre douze

LE matin, malgré les meilleurs efforts de ses amis pour le convaincre du contraire, Jonah avait décidé de dire à Linc qu'il ne viendrait pas. Il avait passé des heures après le dîner à regarder le site Internet du Bal des Barons du Bétail, surtout la galerie photo des années précédentes. C'était peut-être en tenue jean-bottes pour les hommes, bien que Sammy avait raison quand il disait qu'il y avait bottes et *bottes*. Mais c'était la manière dont les femmes étaient vêtues – robes de marque, coiffure élégante, bijoux à côté desquels les bracelets Tennis commandés pour Melissa semblaient avoir été fabriqués par une Girl Scout – qui le convainquit qu'il n'y aurait pas sa place. Comment cela pouvait-il bien aider le statut de Linc en société, de passer d'une femme comme Melissa à lui ?

Qu'importe combien il avait pu rêver de prendre la place de Melissa aux côtés de Linc, Jonah savait que ça n'arriverait jamais, ce n'était que des rêves. Avoir la chance de les réaliser, tout en sachant que ce ne serait qu'un jeu pour aider Linc à ne pas perdre la face, serait une délicieuse torture. Comment pourrait-il redevenir uniquement l'employé de Linc une fois cette mascarade terminée ? Mieux valait en rester à un magnifique fantasme impossible.

Sur le chemin du bureau, il s'encouragea à faire face à Linc avec autant de grâce que possible. Linc ne serait pas trop fâché, et plus vite il l'aurait fait, plus vite son patron pourrait trouver quelqu'un d'autre à inviter au bal.

Quand il entra dans le bâtiment, la camionnette de Linc n'était pas dans le garage. *Je vais devoir attendre un peu plus longtemps pour le lui dire*, se réprimanda-t-il quand son ventre se noua. Ne pas pouvoir dire ce qu'il avait sur le cœur était décevant, mais Linc était du matin. Il serait là vite.

Sauf qu'il n'arriva pas. Jonah fit de son mieux pour se concentrer sur les e-mails dans sa boîte, mais il n'arrivait pas à détourner son regard de l'heure sur son écran. Il était dix heures passées quand la porte d'entrée s'ouvrit finalement et Linc entra dans son bureau.

— Tu es en retard, fit-il sèchement.

Il porta ensuite la main à sa bouche à toute allure quand il réalisa qu'il avait dit ça à voix haute. Heureusement pour son poste, Linc se mit à rire et Jonah oublia ses doutes pendant un instant et lui sourit.

— Tu peux retenir ça sur ma paie, chef, dit Linc. J'avais des choses à faire ce matin.

Il déposa une petite boîte sur le bureau de Jonah.

— C'est un cadeau de remerciement pour avoir accepté mon invitation de dernière minute. Je sais que tu as peur de ne pas pouvoir t'intégrer, même s'il n'y a aucune raison, et je veux te montrer que je suis reconnaissant.

Pendant un instant, Jonah ne put que regarder la boîte empaquetée de papier cadeau, choqué. Il ouvrit la bouche, sans être certain de savoir quoi dire, et aucun mot ne sortit.

— Vas-y, ouvre-le, le pressa Linc.

Jonah prit le paquet d'un geste hésitant, si concentré pour empêcher sa main de trembler qu'il frappa la boîte, mais réussi à l'attraper avant qu'elle tombe sur le bureau. Il défit le papier avec soin, ce à quoi Linc leva les yeux au plafond, et l'ouvrit pour révéler une montre de sport.

— J'ai remarqué que tu n'avais pas de montre, alors j'espère que tu pourras t'en servir. Quoique si tu n'aimes pas le style, ou si tu n'aimes pas les montres, tu peux toujours la faire échanger.

— Je... non... c'est parfait.

Jonah la prit de sa boîte et la glissa à son poignet. Le bracelet en acier inoxydable lui allait parfaitement.

— Tu n'avais pas à faire ça.

— Et tu n'avais pas à accepter de venir au Bal des Barons du Bétail avec moi, mais je suis heureux que tu viennes.

Et comment suis-je censé le lui dire après ça ? Jonah admit sa défaite. Il n'avait plus qu'à se prendre par la main et se préoccuper des retombées plus tard.

— Merci. Je crois que vu les circonstances, tu t'en sortiras avec uniquement un avertissement, mais que ça ne se reproduise plus.

Linc fit un large sourire, mais son visage devint rapidement plus sérieux.

— Il y a autre chose que j'avais oublié avant qu'Eloise me le rappelle. Il y a une fête pour les contributeurs la semaine prochaine chez un des organisateurs. Si tu n'as rien de prévu mercredi soir, j'aimerais que tu viennes avec moi.

Eloise avait dû le dire à Linc parce que Melissa serait là. Enfin, il était trop tard pour que Jonah recule, maintenant.

— J'ai un cours ce soir-là, mais je peux toujours le sécher pour une fois. Je parlerai au professeur lundi pour récupérer les cours que je manquerai.

Linc s'éclaircit la gorge.

— La fête sera, heu, un peu plus chic que le bal lui-même.

L'estomac de Jonah se noua nerveusement.

— C'est-à-dire ?

— Rien de terrible, lui assura son patron. Un costume-cravate suffira.

Jonah tenta de masquer son désarroi. La dernière fois qu'il avait eu à porter un costume, c'était quand il avait reçu son diplôme au lycée. Il était probablement encore dans le placard de sa chambre à la ferme. Il ne s'était pas fatigué à le prendre à Dallas, puisqu'il était presque sûr qu'il ne lui allait plus. Il faisait toujours à peu près le même poids qu'à l'époque, mais entre son ancien travail à la manutention avant de quitter Oktaha et sa croissance de manière générale, ses proportions avaient changé. Même s'il redoutait cette idée, il allait devoir faire du shopping avec Sammy le plus rapidement possible.

— Je suis certain que je pourrai trouver quelque chose d'approprié à me mettre.

— N'oublie pas que tu peux utiliser la carte de l'entreprise, offrit Linc.

Il n'avait nulle intention d'accepter son offre, mais Jonah hocha quand même la tête.

— Alors, tu as des plans pour ce week-end ? demanda Linc. J'ai pensé que je pourrais t'emmener dîner dans un restaurant que tu devrais aimer à Fort Worth.

Il n'y avait qu'une seule chose qui pouvait forcer Jonah à refuser l'occasion de passer du temps avec Linc.

— Je ne peux pas ce week-end, je retourne à Oktaha. C'est l'anniversaire de ma meilleure amie, Caylee, et je l'emmène toujours au meilleur restaurant de la ville pour le fêter. Et je n'y suis pas retourné depuis Noël, alors ça sera aussi l'occasion de voir mes parents.

Même s'ils n'acceptaient toujours pas son homosexualité.

— C'est une bonne chose, dit Linc, et Jonah tenta de se convaincre qu'il ne semblait pas déçu. Eh bien alors, je ferais mieux de retourner au travail. J'ai deux heures à rattraper.

LA réaction de Sammy, quand Jonah lui parla de la soirée des donateurs où Linc comptait l'emmener, donna presque envie à Jonah de renoncer.

— Tu parles de la soirée des courtiers ? Il n'y a que les gros donateurs qui y sont invités. Ton patron doit leur verser de grosses sommes.

— Il a dit qu'il y avait une table, dit Jonah en tentant de ce souvenir la conversation entendue entre Linc et Ford. Il semble que d'autres personnes du ranch vont venir.

— Ooh, mon grand, ces offres sont faites à partir de 25 000 dollars. Tu vas être parmi les grands.

Vingt-cinq mille ? Jonah n'arrivait pas à imaginer ce qu'il ferait d'une telle somme. Et pourtant, Linc la donnait à des œuvres de charité, sans la dépenser pour lui.

— Voilà pourquoi j'ai besoin que tu m'aides à trouver les bons vêtements. Je ne veux pas gêner Linc en m'habillant n'importe comment.

— Ne te fais pas de bile. Laisse faire Sammy, ton parrain la bonne fée.

Ils s'arrêtèrent d'abord au Boot Scootin', un magasin de cow-boys. Sammy le guida après les rayons de Wranglers et de Lévi's jusqu'à des marques dont il n'avait jamais entendu parler – et quand il regardait les prix, il comprenait pourquoi. Malgré tout, il était soulagé que Sammy fuit tout type de fioritures et lui choisisse plusieurs jeans simples à essayer.

— Tu vois, c'est ce que je veux dire, déclara Sammy.

Il étudia le jean que Jonah trouvait trop serré, alors que son ami insistait en disant qu'il était parfait.

— Avec un cul bombé comme le tien, tu n'as besoin de rien d'autre. Il ne faut qu'un ourlet, et tu seras magnifique. Maintenant, trouvons des bottes.

Même s'il pouvait – à peine – se permettre un jean à presque cent dollars, Jonah mit un frein devant les bottes exotiques que Sammy tenta de lui présenter.

— Regarde les coutures sur ces merveilles ! roucoula l'autre en lui montrant une paire de bottes en peau de caïman avec des broderies faites main.

Jonah blêmit quand il tira les bottes à lui pour voir le prix sur la semelle. Presque mille dollars, il était surpris que le magasin prenne le risque d'abîmer la semelle avec l'étiquette du prix.

— Jamais je ne dépenserai un mois de salaire pour une paire de bottes, Sammy. Je suis certain de trouver des Justin à ma portée.

— Je croyais que ton patron payait la facture, gémit Sammy en boudant.

Jonah toucha la montre à son autre poignet.

— Je ne le ferai pas payer pour me transformer en poupée Ken. Je ne peux pas expliquer une paire de bottes à ce prix, même si je les porte pour travailler à la ferme ou aller au bureau l'hiver.

Sammy fronça les sourcils, mais Jonah refusa de regarder quoi que ce soit dont le prix dépassait les trois cents dollars. Finalement, ils trouvèrent un compromis avec des bottes suffisamment belles pour Sammy, et abordables pour Jonah.

Il était alors plus que prêt à rentrer à la maison, mais Sammy était infatigable.

— C'était la partie facile. Maintenant, il faut te pomponner pour que tu puisses te mêler à la haute société.

— Facile ? Tu appelles ça facile ?

Wes ou Aidan auraient ri, mais Sammy l'ignora et le conduisit vers Urban Vintage.

La seule expérience que Jonah avait pour l'achat d'un costume, c'était quand il était allé avec sa mère à JCPenney à Muskogee. Malheureusement, Sammy n'allait pas le laisser fouiller dans quelques vestes sur un portant pour choisir entre du bleu marine et du noir. Dès que le vendeur entendit pour quelle soirée Jonah avait besoin d'un costume, il les pressa vers une zone fermée par un rideau au fond de la boutique, où un grand nombre de costumes étaient cachés.

— Du noir simple, décréta Sammy. Avec une coupe étroite pour montrer son corps de rêve.

Après une rude sélection pour trois costumes, il désigna la cabine d'essayage.

— Là, je vais garder ton porte-feuille le temps que tu essaies.

Jonah sut qu'il avait un problème quand il entra dans la cabine et ne trouva aucune étiquette de prix sur les vestes. Il ne put s'empêcher de se sentir comme l'une de ces poupées auxquelles Caylee jouait quand elle était petite alors qu'il paradait devant Sammy pour avoir son appréciation. Ils s'accordèrent finalement sur une veste droite noire avec un pantalon près du corps d'un léger mélange de laine et de soie. Le vendeur apporta plusieurs chemises pour aller avec, et Sammy insista pour qu'il en prenne au moins deux.

— Tu pourras porter celle lilas pour la fête et la blanche avec le jean au bal.

Il fallait aussi voir les cravates, et Sammy demanda au vendeur d'apporter des chaussures à la pointure de Jonah pour s'assurer que l'ourlet du pantalon serait à la bonne hauteur. Jonah s'estima chanceux que Sammy n'insiste pas pour qu'il prenne des sous-vêtements et chaussettes de marque pour aller avec l'ensemble.

Une fois que le vendeur eut marqué les endroits où le costume aurait besoin d'être ajusté, sous les indications de Sammy, Jonah eut enfin la permission de remettre ses propres vêtements. Quand il alla à la caisse, Sammy passa un reçu de carte de crédit devant lui.

— Je leur ai dit de tout passer sur celle-ci. Là, signe ici.

Le montant total dépassait l'entendement.

— Tu es sûr qu'on ne peut pas aller louer quelque chose pour la nuit ?

Sammy lui jeta un regard noir.

— Tu veux vraiment avoir l'air de quelqu'un que ton patron a loué pour la nuit ?

C'était presque trop proche de la vérité aux yeux de Jonah, mais il ne pouvait pas l'admettre à Sammy. Il secoua la tête.

— Je me disais bien. Je leur ai dit de le mettre sur sa carte, et crois-moi, il fait une très bonne affaire.

Jonah n'en était pas certain, mais au moins, il ne ferait pas honte à Linc avec sa tenue. Il prit une grande inspiration et signa.

Chapitre treize

LE café-restaurant était petit, mais propre et lumineux, avec l'odeur du bacon et du café qui vint doucement à lui dès qu'il ouvrit la porte. Quelques visages se levèrent de leurs tables alors que Jonah entrait, et il fit un signe de la tête tout en s'asseyant au comptoir couvert de Formica. Vivre dans une petite ville était autant un don qu'un fardeau. Il connaissait presque tout le monde ici, et tout le monde saurait avant la tombée de la nuit qu'il était revenu. *Ce n'est que pour le week-end*, se rappela-t-il en prenant un menu plastifié coincé debout entre la bouteille de ketchup et le sucre. Il l'ouvrit, même s'il le connaissait par cœur, et regardait les possibilités quand une paire de bras l'encercla par-derrière.

— Bonjour, l'étranger. Tu viens souvent par ici ?

Il se tourna sur son tabouret, fit un grand sourire et serra Caylee.

— Tu vas devoir revoir tes phrases de drague si c'est le mieux que tu peux faire.

— Je n'ai pas besoin de te draguer. Tu es gagné d'avance.

Caylee se laissa tomber sur le tabouret à côté du sien avec un soupir.

— Je dois me faire vieille. C'est à peine midi et j'ai déjà besoin d'une sieste.

— Tu ne fais pas plus de vingt-quatre ans, lui assura Jonah. Et tu seras toujours belle à quatre-vingt-dix.

Ce qui était vrai, même s'il pensait au fond que Caylee semblait un peu fatiguée. Ses cheveux noirs, tirés en arrière et attachés sur le sommet de son crâne, tombaient encore en boucles brillantes sous ses épaules, mais sa peau était plus pâle que dans ses souvenirs, et elle avait des cernes noirs sous ses yeux.

— J'aurai encore vingt-trois ans pendant douze heures, merci bien, répliqua Caylee en enfonçant un doigt dans ses côtes. Et puis, la flatterie ne t'apportera rien. J'aurai toujours cinq mois de plus que toi, jeune homme.

— Bon sang, comme tu m'as manqué, Cay.

Jonah s'approcha et la serra à nouveau dans ses bras.

— J'avais oublié à quel point jusqu'à ce que je te revoie.

— Alors tu dois revenir plus souvent, Jo-Jo.

Depuis tout petits, personne d'autre que Caylee ne lui avait donné ce surnom. Il sourit mais secoua la tête.

— Ça ne changerait rien. Tu le sais.

— Tu n'es pas encore rentré les voir ?

Et ça voulait tout dire au sujet de sa relation avec ses parents, si son tout premier arrêt à Oktaha, c'était pour voir Caylee plutôt que rentrer à la maison.

— Je devais d'abord voir ma copine. Après tout, je dois m'assurer que tu n'as pas prévu de dîner avec un autre que moi.

— C'est un rendez-vous à jamais fixé, lui assura Caylee.

La cloche de la porte tinta et Caylee se leva.

— Je ferais mieux de retourner au travail. Tu veux commander quelque chose ?

Avant que Jonah puisse répondre, une main tomba lourdement sur son épaule.

— Eh bien, regardez qui est revenu en ville. Ton mec t'a viré, Hollis ?

Jonah retint un soupir et leva l'épaule pour chasser la main de Jack Ballinger.

— Je suis venu souhaiter un joyeux anniversaire à Caylee.

— La prochaine fois, envoie une carte.

Jack se tourna vers Caylee, et une fois encore Jonah se demanda ce qu'elle lui trouvait. Il supposait que Jack était plutôt séduisant, mais il était sans arrêt en train de grimacer. Ou peut-être que ça n'arrivait que quand il voyait Jonah.

— Je pensais qu'on irait voir un film ce soir, ma belle.

— J'ai déjà des projets avec Jonah, dit Caylee. On pourra y aller demain soir à la place.

— Tu ne vas pas me faire faux bond pour ce pédé, pas vrai ?

Jack se tourna vers Jonah, et toute l'affection qu'avait affichée son visage devant Caylee disparut pour du dégoût.

— Je croyais t'avoir dit que je ne voulais plus qu'une tapette comme toi tourne autour de ma copine.

Ce qui était une des raisons pour lesquelles Jonah était parti pour Dallas, bien qu'il ne l'avait jamais dit à Caylee. Il ne voulait pas briser ses illusions, mais il semblait que Jack venait d'y arriver tout seul.

— Comment tu viens de l'appeler ? demanda Caylee, le regard brûlant de colère.

— Allez, bébé, tout le monde sait que c'est un pédé. Pourquoi tu veux perdre ton temps avec lui ?

Il sourit et tenta de passer un bras autour d'elle, mais Caylee ne le laissa pas faire.

— Parce que c'est mon ami !

Elle repoussa Jack des deux mains.

— Parce que c'est un être humain décent qui ne ferait jamais de mal à quiconque, contrairement à toi, Jackson Ballinger. Comment peux-tu dire une chose aussi blessante ?

— Waouh, c'est avec moi que tu sors, tu te souviens ? Et je ne veux pas que les gens traitent ma nana de fille à pédé.

— Alors tu ferais mieux de te trouver une autre « nana », parce que je ne veux pas que les gens pensent que je sors avec un enfoiré homophobe comme toi !

Caylee désigna la porte.

— Maintenant, à moins que tu aies prévu de commander quelque chose, sors d'ici, j'ai des clients à m'occuper.

Jack rougit de colère et jeta un coup d'œil dans le café-restaurant comme pour chercher du soutien, mais la plupart des gens qui avaient regardé la dispute reportèrent leur attention dans leur assiette.

Une des deux vieilles dames assises dans un box en coin fit un sourire à Caylee.

— Bien joué, mon cœur, lança-t-elle. On croit toujours qu'on peut éduquer les sales types comme lui, mais ils n'apprennent jamais.

— Bien. Si tu préfères passer ton temps avec cette tantouze, ne te gêne pas.

Jack fusilla Jonah du regard et sortit du café-restaurant. Les dames dans leur coin applaudirent sa sortie.

Caylee réussit à faire un petit sourire, mais il semblait aux yeux de Jonah qu'elle retenait ses larmes.

— Je suis désolé, Caylee, murmura-t-il avant de se lever pour la prendre dans ses bras. Je ne serais pas revenu si j'avais su qu'il se passerait ça.

Caylee le serra en retour, puis cligna des yeux et secoua la tête.

— Ce n'est *pas* de ta faute, alors ne t'en blâme pas. Et puis, je préfère savoir maintenant qu'il est comme ça, plutôt que d'aller plus loin et être déçue par la suite.

Elle recula et prit une inspiration.

— OK, les gens, le spectacle est terminé. Jonah, puis-je prendre ta commande ?

APRÈS le déjeuner, Jonah et Caylee tombèrent d'accord pour qu'il la récupère chez elle à dix-huit heures trente. Il partit ensuite sur la route de campagne qui menait à la ferme de ses parents. Il passa devant le tracteur de son père dans un champ et klaxonna. Son père leva la main pour le saluer, mais ne s'arrêta pas.

La maison de ferme à un étage, faite de bardeaux, semblait plus petite que dans ses souvenirs, ou peut-être comparait-il simplement avec la maison de Broken Spoke. Il se gara à côté de la Ford récente de son père, prit son sac de voyage sur le siège à côté de lui et entra.

Il trouva sa mère dans la cuisine, qui mettait des tomates en conserve. Jonah ne se souvenait pas avoir déjà vu sa mère assise. Elle avait ri une fois quand il l'avait suggéré. « Il y a tant de corvées à faire ! » avait-elle dit, que ce soit nettoyer la maison, faire la lessive, entretenir le jardin ou préparer les repas.

— Jonah !

Elle se tourna du four pour le serrer dans ses bras.

— C'est bon de te voir.

— C'est bon de te voir aussi, maman.

Il se souvenait du commentaire de Linc, comme quoi il était chanceux d'avoir encore ses parents, et il la serra un peu plus longtemps.

— Beaucoup de tomates cette année ?

— Avec toute cette pluie, on en a eu une flopée.

Elle leva une boîte de bocaux et la déposa sur le comptoir pour que ça refroidisse.

— J'espère que tu vas conduire Caylee dans un bon restaurant ce soir. Maintenant qu'elle a rompu avec Jack Ballinger, tu as une chance avec elle.

Il n'aurait pas dû être surpris qu'elle en ait déjà entendu parler – quelqu'un l'avait probablement appelée depuis le café-restaurant dès qu'il en était parti.

— Puisque tu es au courant pour la rupture, tu sais aussi la raison pour laquelle Caylee a rompu avec lui. J'aime Caylee comme une sœur, maman, mais il n'y aura jamais plus, parce que je suis gay.

Ces derniers mots sortirent un peu plus durement qu'il l'aurait dû en parlant à sa mère, mais ils avaient déjà eu cette conversation tant de fois.

— Si tu essayais un peu plus sérieusement, je suis sûre que tu serais heureux avec elle. C'est une fille adorable. Elle t'aiderait à surmonter tes péchés.

Son visage se fit plus sévère et elle secoua la tête.

— Comment pourrais-tu trouver un autre homme plus attirant que Caylee ?

Il n'avait jamais eu envie de Caylee, pas comme il pouvait fantasmer sur Linc, mais sa mère ne comprendrait jamais ça. Il songea à lui dire qu'il allait se rendre au Bal des Barons du Bétail avec Linc, mais décida que ça ne ferait qu'empirer les choses. Si c'était une vraie relation, il le lui dirait, même si elle ne l'accepterait jamais, mais il était inutile de l'énerver avec cette mascarade qui prendrait fin avec l'œuvre de charité.

— Ce n'est pas une chose que je peux changer ou chasser, maman. C'est ce que je suis, et j'aimerais que tu puisses le croire.

Il prit son sac.

— Je vais prendre une douche et me préparer pour le dîner.

Le regard triste de sa mère le suivit jusqu'à l'escalier.

LE seul autre restaurant d'Oktaha, à part le café-restaurant, avait fermé depuis que Jonah était parti à Dallas. Après une recherche rapide sur son téléphone – il n'y avait pas Internet à la ferme –, il trouva un restaurant à Muskogee nommé Miss Addie. Caylee et lui passèrent le chemin sur la 69 à naviguer sur la radio et à ignorer l'éléphant dans la voiture. Mais une fois arrivés au restaurant, ils commandèrent un filet de porc et du saumon avec des pommes de terre en croûte, et Jonah passa le bras sur la table pour prendre la main de son amie.

— Je suis désolé de ce qui s'est passé tout à l'heure. Je ne peux pas dire que je suis désolé que tu ne sois plus avec Jack, parce que tu mérites bien mieux que lui, mais je suis désolé que ça se soit passé comme ça.

— Je n'ai jamais vu ce côté de lui quand tu n'étais pas là, dit Caylee. Je crois que tu dois faire ressortir le pire en lui. Mais je le pensais quand j'ai dit que j'étais heureuse de le découvrir maintenant, plutôt qu'une fois qu'on aurait été mariés.

— C'était si sérieux que ça ?

Jonah se sentit encore plus mal, mais l'idée que Caylee épouse un sale type comme Jack était impensable.

— J'aurais pu, je pense. Je vois ça comme une chance.

Caylee lui serra la main.

— Mais assez avec ma vie amoureuse. Je veux entendre parler de la tienne.

Malgré les lumières basses du restaurant, Caylee dut remarquer comme il rougit tout à coup, parce qu'elle se mit à rire.

— Tu as rencontré quelqu'un ! Allez, crache le morceau. Qui est-ce ?

— Ce n'est pas ce que tu crois. Mon patron, Monsieur Courtwright, Linc, je t'ai parlé de lui, pas vrai ?

Caylee hocha la tête.

— Il m'a demandé de l'accompagner au Bal des Barons du Bétail.

— Un bal ?

Caylee sourit.

— Ça a l'air romantique.

Si seulement.

— C'est une soirée de charité. C'est une longue histoire, mais il a rompu avec sa petite amie, et il ne veut pas avoir l'air de l'aimer encore s'il y va seul. Je l'aide simplement. Comme un ami.

— Un ami.

Elle lui lança un regard qui signifiait clairement
« Ne te fous pas de moi ».

— Et c'est pour ça que tu rougis. Dis-moi la vérité,
Jonah.

— C'est la vérité !

Elle fronça les sourcils et Jonah soupira. Il ne
pourrait jamais tromper Caylee.

— Pour lui, en tout cas. Même si j'aimerais que
ce soit autre chose, je lui rends juste service. C'est un
homme fantastique, et il ne mérite pas que Melissa
l'humilie.

— Tu es certain qu'il ne ressent pas la même
chose ? demanda Caylee.

— Tu plaisantes ? C'est un millionnaire, il a un
ranch qui est dans sa famille depuis six générations.
Je suis un fermier, venu d'un trou perdu du milieu
de l'Oklahoma, qui n'a jamais fini l'université. Que
pourrait-il me trouver ?

— Que tu es une personne gentille, aimante et
loyale. Il y a une raison pour laquelle Jack ne t'aime
pas, et qui n'a rien à voir avec ton homosexualité, Jo-Jo.
Durant toute l'école, tu étais le seul qui ne s'est jamais
courbé devant lui quand il agissait comme une personne
toute puissante juste parce qu'il est un Ballinger. Et tu
défends toujours tes amis. Tu te souviens quand Cody
Hancock est tombé dans la cour de récréation et s'est
cassé le bras ? Tu es resté avec lui jusqu'à ce que les
secours arrivent, et tu n'as laissé personne se moquer
de lui parce qu'il pleurait.

— Ça ne l'a pas empêché de me traiter de « foutu
pédé » quand j'ai fait mon coming-out.

— Je n'ai pas dit qu'il était devenu plus malin.

Caylee lâcha sa main et lui caressa la joue.

— Je dis simplement que tu ne devrais pas être si rapide à affirmer que ton patron ne veut que ton amitié. Reste au moins ouvert à la possibilité.

— Je crois que je suis amoureux de lui, Cay, admit Jonah à voix basse. Je ne veux pas me laisser croire qu'il ressent la même chose.

— Ne te convaincs pas non plus du contraire, insista Caylee avec un sourire. Après tout, tu es plutôt mignon également, si on aime les minets. Je serais sortie avec toi, si seulement tu aimais les formes féminines.

Jonah ne put que rire.

— Si tu penses que je suis un minet, attends de rencontrer Sammy.

Leurs repas arrivèrent et, rapidement, ils riaient pendant qu'il lui racontait tout ce qui s'était passé durant sa journée de shopping.

Chapitre quatorze

JONAH ne s'était pas vraiment attendu à voir Linc au bureau le lundi suivant, mais il fut malgré tout un peu déçu qu'il ne vienne pas. Après les paroles d'encouragement de Caylee, il avait commencé à se demander s'il minimisait vraiment l'intérêt réel que pouvait avoir Linc à son égard. Bien que ça ne ferait pas moins mal si Caylee avait tort.

Le téléphone sonna juste avant qu'il parte en cours.

— Ranch Courtwright, que puis-je faire pour vous ?

— Toujours partant pour mercredi soir, pas vrai ?

La voix de Linc suffit à lui envoyer un frisson.

— Je dirai ce soir à mon professeur que je vais rater son cours. À quelle heure devrai-je être prêt ?

— C'est de dix-neuf à vingt-deux heures environ, mais on n'aura pas à rester jusqu'à la fin, on peut juste faire une apparition. Peut-être qu'on pourra aller dîner après, puisqu'ils ne servent rien de plus que des cocktails et des apéritifs à ces soirées.

— J'aimerais beaucoup, dit Jonah.

Tu vois ? Linc ne veut pas passer du temps avec toi juste quand Melissa est là, lui souffla la voix de Caylee.

— À quelle heure veux-tu que je sois prêt ?

— Je peux te récupérer vers dix-huit heures, mais tu vas devoir me donner ton adresse.

À dix-huit heures un mercredi, Wes serait au travail, mais Aidan et Sammy seraient tous les deux là. L'idée qu'ils soient là quand Linc viendrait le chercher comme lors du bal de promo était plutôt effrayante.

— On peut se retrouver au bureau. Je peux me préparer ici, comme ça je n'aurai pas à partir plus tôt pour me préparer.

— Tu sais que ça ne fait rien si tu quittes le travail plus tôt, Jonah, dit Linc avec une pointe de rire. Mince, tu pourrais même prendre la journée si tu le voulais.

— Je n'ai pas besoin de toute la journée pour me préparer ! protesta Jonah. Et puis, Ford a promis de m'envoyer les informations sur le nouvel éleveur à qui tu vends du bétail, et je vais devoir mettre la base de données à jour.

Et si je n'ai pas de quoi m'occuper toute la journée, je vais devenir fou.

— Comme tu veux. Dix-huit heures au bureau.

Peut-être était-ce son imagination, mais il eut l'impression que la voix de Linc était plus basse.

— J'ai hâte d'y être.

— Moi… moi aussi.

C'était au moins une vérité partielle.

VERS dix-huit heures moins le quart le mercredi, Jonah était dans les toilettes du couloir devant le bureau et se regardait dans le miroir, tentant de se voir comme Linc le verrait. Le costume noir lui allait parfaitement, comme Sammy le lui avait assuré. C'était de loin la plus belle tenue que Jonah ait jamais portée, alors Linc ne serait au moins pas embarrassé par ses vêtements. Il passa la paume de sa main dans ses cheveux bruns. Il les avait fait couper la veille après le travail, et même s'il n'avait jamais de problème de barbe à la fin de la journée, il s'était rasé avant de se changer, juste pour être sûr. Ses yeux verts semblaient plus grands qu'à leur habitude, mais ce n'était pas tant d'appréhension que d'anticipation. Il passa la montre offerte par Linc à son poignet et regarda l'heure. *Je ne pourrais pas être plus prêt*, se dit-il tout en récupérant ses articles de toilette pour les mettre dans la trousse qu'il gardait dans le tiroir de son bureau.

Il heurta presque Linc dans le couloir quand il retourna fermer le bureau.

— Eh bien, si tu n'es pas élégant, dit Linc avec un regard qui s'attarda tellement qu'il le fit rougir.

Jonah aurait pu dire la même chose au sujet de Linc. Il l'avait déjà vu bien habillé quelques fois quand il partait déjeuner avec Melissa, mais il ne s'était jamais vêtu de manière aussi chic que ce soir. Son costume gris anthracite mettait sa silhouette fine en valeur, le blanc brillant de sa chemise accentuait le bronzage qu'il affichait en permanence en travaillant à l'extérieur. Ses cheveux fauves étaient fraîchement coupés et coiffés – il avait dû prendre lui-même rendez-vous, puisque Jonah ne l'avait pas fait –, et Jonah ne l'avait jamais vu aussi séduisant.

— On verra si tu seras toujours aussi content quand tu auras vu la facture, dit Jonah, espérant que Linc n'avait pas remarqué qu'il le dévisageait.

Au moins je ne bavais pas.

Linc se contenta de rire et fit un geste vers l'ascenseur.

JONAH ne put s'empêcher de le fixer quand Linc tourna sur Armstrong Parkway. Il savait qu'Highland Park était l'un des quartiers les plus huppés – et chers – de Dallas, mais il n'avait jamais vu des maisons pareilles avant. On aurait dit des châteaux ou des palais français, ou des manoirs du sud, sauf qu'ils étaient en briques avec des colonnes en marbres. Linc s'engagea dans l'allée d'un bâtiment large de style Tudor avec des fenêtres à meneaux et un magnifique jardin. Un valet se tenait à l'entrée du chemin qui conduisait à la porte. L'expression de celui-ci se durcit quand il vit Linc sortir et lui tendre les clefs de la camionnette, et Jonah ravala un rire.

— Quoi ? demanda Linc tout en prenant le bras de Jonah pour l'escorter jusqu'à l'entrée.

— C'est probablement la voiture la plus vieille dont il va s'occuper pour la soirée.

— Je ne vais pas louer une Ferrari juste pour impressionner un voiturier.

Raison de plus pour que Jonah tombe amoureux de lui. Ils arrivèrent à la porte et il prit une inspiration.

— Je suis comment ? demanda-t-il, souhaitant ne pas avoir besoin d'être rassuré.

— Il ne manque qu'une seule chose.

Linc prit le visage de Jonah entre ses mains et se pencha pour coller ses lèvres aux siennes.

Le baiser le surprit tellement qu'il poussa un petit cri et Linc en profita pour retracer ses lèvres avec le bout de la langue, avant de la glisser entre elles. Jonah tenta de ne pas gémir sous la chaleur qui le traversait. Il s'accrocha aux épaules de son patron pour se retenir tandis que celui-ci devenait plus entreprenant, plongeant la langue dans sa bouche. Jonah sentit la menthe et ne put s'empêcher de l'embrasser en retour, rencontrant la langue de Linc alors que le temps semblait s'arrêter. Finalement, l'homme s'écarta après avoir une dernière fois mordillé sa lèvre.

— Là, tu es parfait, dit-il avec un sourire.

Jonah leva la main à sa bouche pendant que son patron ouvrait la porte. Ses lèvres semblaient gonflées, et il se demanda si c'était là le plan de Linc.

LA maison était toute aussi majestueuse à l'intérieur. Des hommes et femmes vêtus avec élégance se rassemblaient en petits groupes à travers plusieurs petits salons chics, et beaucoup d'entre eux saluèrent Linc quand il entra. Jonah tenta de résister à la tentation de chercher Melissa du regard.

Un serveur s'approcha avec un plateau de verres.

— Du champagne, messieurs ?

Linc regarda Jonah en levant un sourcil.

— Ils ont peut-être de la bière au bar si tu préfères.

Jonah secoua la tête.

— Ça ira, merci.

Linc accepta une flûte et porta un toast silencieux à Jonah, mais avant de pouvoir le porter à ses lèvres, Eloise approcha, accompagnée d'un homme âgé que Jonah n'avait jamais rencontré avant.

— Je n'étais pas sûre que tu viendrais, dit Eloise avec une note accusatrice dans la voix.

Son regard passa froidement sur Jonah comme s'il n'était rien.

— Tu te souviens de l'ami de ton père, Franklin Meredith ?

Linc fit un signe de la tête à l'homme.

— Franklin, mon beau-fils Lincoln et son… invité… Jonah Hollis.

Jonah serra la main de Franklin.

— Ravi de vous rencontrer, Monsieur.

— Je parlais justement avec Melissa, fit remarquer Eloise comme si le jeune homme n'avait pas parlé. Elle est ravissante, comme toujours. Bien trop gentille pour ce malappris de John Maxwell.

Jonah suivit son regard jusqu'à l'endroit où Melissa se tenait, dans la pièce voisine, ses cheveux blonds libres sur ses épaules et une robe noire moulante avec un col en V profond retenu par un ruban. Quand elle prit soin de leur tourner ostensiblement le dos, Jonah vit qu'elle était échancrée là aussi.

— C'était généreux d'inviter ton assistant, continua Eloise. Je suis certaine qu'une opportunité pareille ne s'est jamais présentée pour lui.

Ce qui était probablement une manière polie de dire qu'il n'avait rien à faire ici, mais Linc passa un bras autour de sa taille et croisa les yeux d'Eloise, le regard noir.

— Jonah n'est pas mon assistant ce soir, dit-il. C'est mon cavalier.

JONAH ne savait pas si Eloise était trop surprise pour trouver une réponse, ou si elle ne voulait simplement pas faire une scène, mais elle pinça les lèvres et se retourna, suivie par un Franklin Meredith à l'air plutôt désolé. Jonah était un peu surpris lui-même. Il savait que c'était l'impression que Linc voulait donner – c'était probablement pour ça qu'il avait embrassé Jonah comme il l'avait fait avant d'entrer, puisqu'il n'avait jamais donné l'impression de vouloir l'embrasser avant –, c'était tout de même un choc de l'entendre dire de manière aussi catégorique. *Presque fièrement*, aurait pensé Jonah s'il n'avait pas su à quoi s'en tenir. Il ne savait pas si Melissa avait entendu, mais si la haute société était un peu comme un petit village, la nouvelle ferait rapidement le tour de la pièce.

Quand l'attention de Linc fut attirée par un vieil homme élégant qui voulait lui parler de son point de vue sur la fracturation hydraulique, Jonah s'écarta. Il devait boire, et il avait besoin de faire le point sur ce qu'il ressentait. Il aurait été fier de lui s'il avait pensé que Linc le voyait vraiment comme son cavalier, mais malgré les paroles de Caylee, il voyait partout autour de lui à quel point son monde et celui de Linc étaient à l'opposé. Oh, il pouvait se vêtir suffisamment bien pour sembler adapté, mais c'était tout, une illusion. Il ne devait pas l'oublier.

Remarquant un bar entre deux pièces, Jonah se dirigea vers celui-ci.

— Un verre d'eau pétillante, s'il vous plaît, demanda-t-il au barman.

— Vous ne buvez pas ?

Une dame âgée vêtue avec goût d'une robe noire avec des roses brodées s'approcha de lui. Le barman versa un verre d'eau minérale et le posa devant Jonah avant de commencer à préparer la boisson de la dame.

— Je ne suis pas un gros buveur, admit-il. Et je n'ai pas encore dîné, alors ce serait une mauvaise idée de risquer de prendre de l'alcool.

— Une décision que bien plus de personnes ici devraient prendre, fit-elle remarquer. Je n'ai jamais vu votre visage avant. C'est la première fois que vous venez à cette soirée ?

La seule et unique, pensa-t-il.

— Est-ce évident ?

— Vous n'avez rien fait de mal, si c'est ce que vous pensez, assura-t-elle avec un doux sourire. Je suis Natty.

— Jonah, répondit-il en lui rendant son sourire. Ravi de vous rencontrer.

— Je crois entendre l'Oklahoma dans votre voix. Oh, n'ayez pas l'air effrayé, ajouta-t-elle en lui tapotant la main. Je viens moi-même de Bartlesville.

— J'ai grandi à Oktaha, confia-t-il.

— Vous voyez ? Nous sommes presque voisins.

Elle but une gorgée.

— J'ai ouï dire que vous étiez venu avec Lincoln Courtwright.

Il savait que ça ne prendrait pas longtemps.

— En effet.

— Je n'ai jamais beaucoup apprécié Melissa Cutler, bien que la seule raison soit qu'elle ait battu mon record au barrel racing du rodéo d'Oklahoma City par neuf centièmes de seconde.

Natty se mit à rire.

— Je suis heureuse que Linc et vous ayez eu le courage de venir ensemble.

Jonah ne savait comment répondre à ça – il ne se sentait vraiment pas courageux à l'heure actuelle –, alors il hocha simplement la tête.

— Et puis, entre Okies, on doit se serrer les coudes. Saviez-vous que Carrie Underwood se produira au Bal des Barons du Bétail ? Elle vient également d'Oklahoma.

— De Checotah, je sais, dit Jonah en souriant. La moitié des femmes avec lesquelles j'ai grandi rêvaient de tenter *American Idol* quand elle est devenue célèbre.

— Eh bien, nous nous y reverrons.

Elle l'embrassa sur la joue avant de s'écarter, et Jonah sourit. *Peut-être que ça ne sera pas si dur de m'intégrer, après tout.*

Linc quitta le bar et se joignit à lui.

— Je vois que tu te fais déjà des amis.

— Elle vient de l'Oklahoma, comme moi, dit Jonah. Et elle n'avait pas de problème avec le fait que je suis ton cavalier. Je ne pensais pas voir des gens comme ça.

Surtout après la réaction d'Eloise, se dit-il.

— Tu n'as aucune idée de qui il s'agit, pas vrai ? lui demanda Linc en pouffant.

— Elle a dit s'appeler Natty.

— C'est Natalie Prestwick. C'est une des organisatrices du Bal des Barons du Bétail, et notre hôtesse pour la nuit. C'est chez elle ici.

Jonah se mit à rire.

— Je suis heureux de ne pas l'avoir su avant de commencer à lui parler.

Linc sourit et lui prit la main.

— Viens, il y a des gens que j'aimerais te présenter avant que nous partions dîner.

Chapitre quinze

— **TU** as envie de quelque chose en particulier ?
demanda Linc une fois la camionnette récupérée auprès
du voiturier – qui avait reçu un généreux pourboire,
malgré son attitude dédaigneuse – et lancée sur la route.

— Tout ce que tu voudras, répondit Jonah.

Il avait été trop nerveux à l'heure du déjeuner pour
manger, et même s'il avait grignoté des apéritifs offerts
par les serveurs qui circulaient entre les invités, son
estomac se sentait bien vide.

— Tu peux imaginer que je ne connais pas
beaucoup le coin.

— Les restaurants par ici sont plus dans l'apparence
que le contenu, répondit Linc, mais on est tout beaux
pour la soirée. Autant en profiter.

Il sortit de la rue résidentielle sinueuse et s'engagea sur une artère plus vivante. Lovers Lane, lut Jonah quand il passa devant un panneau près d'une intersection. Chemin des Amoureux. Il ravala un rire devant l'ironie de ce nom. Quelques minutes plus tard, Linc tourna vers un centre commercial et se gara devant un petit restaurant en devanture. Cette fois, Jonah rit franchement quand il vit les néons rouges annonçant le nom : Amore.

— Tu aimes la cuisine italienne ? demanda Linc. J'aurais dû demander avant.

— J'adore manger italien, lui assura Jonah.

Au moins, ça ne ressemblait pas à un de ces restaurants de luxe où il aurait à vérifier quelle fourchette il utilisait pour manger. Pourtant, à l'intérieur, l'atmosphère était toute autre. C'était bien plus petit qu'il s'y était attendu, avec une lumière douce et des tables chargées de bougies et de fleurs. Le genre d'endroit où on emmènerait son rencard.

— Crois-le ou non, le pire est passé, dit Linc une fois que la serveuse leur eut donné une table et la carte. Le bal sera bien plus décontracté. Il y aura plus de personnes, mais ça veut dire que ce sera plus bruyant, avec moins de risques de longues conversations. Et tu y connaîtras des gens.

— Vraiment ?

Jonah ouvrit le menu, heureux de voir que les plats étaient normaux et les prix raisonnables.

— Natty – Madame Prestwick – a dit qu'elle avait hâte de m'y voir, mais elle était probablement juste polie.

— Ford sera là, ainsi que d'autres personnes du ranch. Et on n'aura pas à porter ces costumes de pingouin.

Linc desserra un peu le nœud de sa cravate et ouvrit le premier bouton de sa chemise.

— J'ai l'impression que je ne peux jamais respirer normalement avec tout ça.

Jonah s'imagina tout à coup faire glisser la cravate sur le col de Linc et défaire les boutons de sa chemise. Son torse serait-il imberbe ou couvert de poils ? Heureusement pour lui, le serveur arriva pour prendre leur commande.

— Qu'est-ce que tu conseilles ? demanda-t-il, puisqu'il n'avait pas vraiment regardé le menu.

— Tu me fais confiance ? répondit Linc avec un sourire.

Quand tu me regardes comme ça ? Totalement. La bouche trop sèche pour parler, Jonah acquiesça et but son eau.

— Deux salades maison, du veau piccata pour lui et du veau et crevettes marsala pour moi, commanda Linc. Et une bouteille de Ruffino Riserva Chianti, s'il vous plaît.

Le serveur murmura son approbation pour la commande et se sauva.

— Je ne suis pas très connaisseur pour le vin, mais j'aime un bon verre de rouge avec de la cuisine italienne.

— Je vais essayer, dit Jonah, mais je vais devoir y aller doucement, vu que je dois récupérer ma voiture au bureau pour rentrer à la maison.

Linc fronça les sourcils, mais avant qu'il puisse dire quelque chose, le serveur revint avec les salades et un petit panier de pains à l'odeur alléchante, avec un beurre fondu et de l'ail haché. Jonah en mit un dans sa bouche et gémit quand la riche saveur toucha sa langue.

Il allait en prendre un autre quand sa main heurta celle de Linc dans le panier.

— Pardon ! s'exclama-t-il. C'est vraiment bon, je devais avoir plus faim que je le pensais.

— Ne t'excuse pas, dit Linc. J'aime voir les gens apprécier leur nourriture. Melissa picorait à peine ses…

Il se tut et puisque Jonah ne savait pas quoi dire, ils restèrent silencieux jusqu'au retour du serveur avec leur vin.

— Parle-moi de ton week-end, dit Linc une fois la bouteille ouverte et les verres remplis. Tu t'es bien amusé à l'anniversaire de ton amie ?

En partie, même s'il se sentait toujours un peu coupable pour avoir été responsable de la rupture de Caylee et Jack. Mais il ne voulait pas avoir à l'expliquer à Linc, alors il se contenta de dire :

— On a eu un dîner sympa.

Il réalisa que ça semblait un peu sec et reprit :

— Caylee est fantastique. Je ne serais pas resté aussi longtemps à Oktaha si elle n'avait pas été là. J'aurais voulu qu'elle vienne à Dallas avec moi.

Linc but son vin et un serveur apporta leurs entrées peu après, ce qui laissa à Jonah le temps de trouver un nouveau sujet de conversation avant qu'ils recommencent à manger.

— C'est vraiment délicieux, dit-il entre deux bouchées du veau savoureux aux agrumes sur ses pâtes cheveux d'ange.

— Je savais que tu aimerais.

— Dis-moi qui d'autre du ranch sera au bal, dit-il, et ils passèrent le reste du repas à parler des gens que Jonah y rencontrerait.

Après avoir décidé d'un commun accord qu'ils avaient trop mangé pour un dessert, Linc paya l'addition et offrit à Jonah l'un des bonbons à la menthe que le serveur avait apportés. Alors qu'ils rejoignaient la camionnette, Linc reprit :

— Je te ramène au bureau, puis je te suivrai chez toi.

— Je n'ai pas pris tant de vin, protesta Jonah. Et ce n'est pas trop loin. Ça ira.

— Je n'en doute pas, mais je ne prendrai pas de risque. Fais-moi plaisir. Et puis, comme ça, je saurai où venir te récupérer le soir du bal.

Il ne semblait pas y avoir beaucoup de raisons de protester, alors Jonah accepta. Le chemin du retour au bureau fut rapide, et Linc resta à l'arrêt jusqu'à ce qu'il entre dans sa camionnette, s'attache et démarre. Puis son patron le suivit durant le court trajet jusqu'à sa maison.

Jonah s'était attendu à ce que Linc s'assure simplement qu'il arrive sans danger puis s'en aille, mais il se gara derrière lui. Ils sortirent en même temps et se tinrent sur le trottoir devant le bâtiment.

— Merci encore de m'avoir accompagné ce soir, dit Linc.

— C'était un plaisir.

C'était les formules de politesse basiques que sa mère lui avait apprises, mais Jonah réalisa qu'il le pensait vraiment. Toute occasion de passer du temps avec Linc était spéciale, mais malgré tous ses doutes, il avait passé une soirée étrangement agréable.

— Vraiment.

— J'en suis heureux.

Linc s'approcha encore et Jonah déglutit. Allait-il l'embrasser à nouveau ? Il souhaita tout à coup avoir pris un autre bonbon au restaurant. Il sentait probablement l'ail et…

Linc toucha doucement ses lèvres et Jonah perdit toute pensée cohérente. Son patron l'embrassa tendrement, des petits baisers humides partout sur ses lèvres qui n'exigeaient rien de plus, mais qui ne suffisaient pas à satisfaire le désir de Jonah.

— S'il te plaît… souffla-t-il en passant les mains sur ses épaules.

Linc passa les bras autour de son dos et l'attira à lui avant d'ouvrir les lèvres. Le vin fruité, la pointe de menthe, même la richesse de l'ail, se mêlaient pour devenir la plus exquise des saveurs que Jonah eut jamais goûtées. Il n'en avait jamais assez, il pencha la tête pour offrir un meilleur accès à Linc tout en laissant sa langue explorer l'autre à son tour. Il passa les bras dans le dos de Linc, le voulant plus près, jusqu'à se retrouver entre ses jambes, si perdu dans leur instant qu'il ne se préoccupa même pas que Linc puisse sentir son érection.

Jonah n'était pas certain de savoir combien de temps ils restèrent là à s'embrasser jusqu'à ce que Linc lève la tête.

— Je vais devoir me contenter de ça quelque temps, dit-il à voix basse. Je ne sais pas quand je pourrai revenir au bureau. On va devoir rassembler tout le troupeau à partir de ce week-end pour pouvoir vacciner les veaux. Les micropuces les rendent plus faciles à localiser, mais il y en aura beaucoup à traquer et vacciner.

Une des choses que Jonah avait apprises durant sa visite au ranch, c'était que la certification bio ne voulait pas dire que le troupeau ne devait pas être vacciné contre les maladies. Broken Spoke utilisait des micropuces plutôt que des étiquettes traditionnelles pour identifier ses troupeaux, ce qui facilitait également la localisation d'un animal en particulier. C'était malgré tout un travail énorme, et Jonah savait que Linc était suffisamment impliqué dans son ranch pour vouloir le faire lui-même plutôt que de confier ça à un employé. Ça ne rendrait pas son absence plus facile pour autant.

— Je ne serais d'aucune utilité sur un cheval, mais s'il y a quoi que ce soit que je puisse faire depuis le bureau, dis-le-moi, offrit Jonah.

— Garde juste un œil sur les meilleures propositions pour le gaz pendant que je suis occupé, dit Linc. Je t'appellerai plusieurs fois dans la semaine pour voir comment ça se passe.

Il embrassa à nouveau longuement Jonah et s'écarta.

— Je ferais mieux d'y aller.

Jonah ne dit rien et Linc ne rejoignit pas sa camionnette. Finalement, il tira Jonah dans un dernier baiser.

— Tu es trop tentateur. Rentre maintenant.

Jonah ne bougea pas et Linc lui claqua les fesses.

— File !

Jonah retourna lentement vers la porte d'entrée pendant que Linc le regardait. Ce ne fut que quand il ferma la porte derrière lui qu'il entendit la camionnette de Linc démarrer et partir.

— Alors, dit Wes depuis le salon plongé dans le noir. Juste amis, hein ?

— **JO,** tu es très bien comme ça, lui assura Wes pour la quatrième fois alors que Jonah tirait sur le col de sa chemise blanche. Et tu vas user ces superbes bottes si tu n'arrêtes pas de tourner en rond. Je croyais que tu disais que tu n'étais pas aussi nerveux que pour la fête des donateurs.

— Je ne suis pas nerveux au sujet du bal, enfin, pas tant que ça.

Jonah regarda par la fenêtre pour vérifier qu'aucune camionnette Ford n'arrivait.

— Je ne l'ai simplement pas vu depuis deux semaines. Et s'il avait changé d'avis sur tout ça ? Ce n'est pas parce que Natalie Prestwick n'a pas été gênée de me voir l'accompagner à la soirée des donateurs, que les gens au bal seront aussi ouverts.

— De ce que tu m'as dit, il y aura des milliers de personnes. Tu ne seras pas sous les projecteurs comme à la soirée. Et depuis quand tu te préoccupes de ce que des étrangers pensent de toi ?

— Je me préoccupe de ce qu'ils pensent de Linc. C'est le but de toute cette histoire.

— Même si ça a commencé comme ça – et je ne suis plus sûr d'y croire –, c'est plus que ça maintenant.

Wes passa une main dans les cheveux, les redressant plus encore qu'à leur habitude.

— Et ne me dis pas une connerie à la « juste amis ». Je suis ton ami, Jo, et sans vouloir t'offenser, je n'irais jamais t'embrasser comme Linc l'a fait. Tu voir ce que je veux dire ?

Il désigna Jonah du doigt.

— Rien que d'y penser, ça te fait rougir. C'était bien plus qu'un baiser amical.

Jonah put sentir la chaleur quand il mit les mains sur ses joues.

— Et peut-être que tu ne l'as pas vu depuis dix jours, et non deux semaines, depuis la fête, mais il t'a appelé tous les après-midi, pas vrai ? Vous ne pouvez pas avoir autant de trucs à discuter pour le travail.

— On a…

Wes haussa un sourcil et Jonah se tut. Il n'y avait rien eu de très romantique durant les appels. Jonah avait informé Linc de toutes les situations qui requéraient son attention ou une décision, et Linc lui avait dit comment le regroupement se passait – pas juste le nombre de veaux qu'ils avaient vaccinés chaque jour, mais aussi des petits incidents rigolos, comme la vache qui ne laissait personne d'autre que Ford approcher de son veau. Puisque Linc appelait quand leur journée de travail était terminée, Jonah avait commencé à rester tard pour ne pas manquer son appel, et à chaque fois, celui-ci durait un peu plus longtemps, jusqu'à ce que Jonah finisse par sécher la première heure de son cours du mercredi.

— Tu ne peux pas mettre tes notes en danger juste pour me parler, l'avait engueulé Linc, mais Jonah savourait chacune de leurs conversations.

Il était douloureusement excité à la fin de chacune de ces discussions, et dans ses rêves la nuit, il revivait le baiser qu'ils avaient échangé, mais ces mêmes rêves ne s'arrêtaient pas aux baisers.

— Alors ne va pas t'imaginer que ce n'est qu'une faveur pour un ami, parce que tout le monde à part toi voit qu'il y a plus que ça entre vous.

Wes fouilla dans sa poche et tendit quelque chose à Jonah.

— Tiens, mets ça dans ton portefeuille.

— Wes ! protesta Jonah quand il ferma les doigts sur un préservatif. Je ne vais pas…

— Peut-être pas ce soir, mais quand le moment arrivera, tu seras prêt.

Wes le serra dans ses bras.

— Tu le sauras le moment venu. Et là, je viens d'entendre une camionnette devant la maison.

Chapitre seize

JONAH rentra hâtivement le préservatif dans son portefeuille avant que Wes ouvre la porte d'entrée. Comme ce jour-là au ranch, Linc n'était pas habillé très différemment de quand il venait au bureau. Son jean était peut-être plus récent et ses bottes étaient cirées, mais il ne portait pas de boucle de cow-boy voyante ni de chapeau. Malgré tout, il y avait quelque chose dans la manière dont il se tenait qui aidait Jonah à réaliser quelque chose d'important, comme s'il avait besoin d'être un peu plus convaincu : il allait partir en compagnie de la perfection faite homme.

Linc sembla presque aussi figé par Jonah.

— Tu es superbe, dit-il après l'avoir un peu admiré. Prêt à aller danser ?

Jonah déglutit, la gorge sèche, et hocha la tête avant de faire un pas en avant. Linc prit sa main et ils restèrent ainsi un moment, perdus dans les yeux de l'autre, jusqu'à ce que Wes s'éclaircisse la gorge.

— Amusez-vous bien, les garçons, dit-il en leur ouvrant la porte. Ne faites rien que je ne ferais pas.

— Et ça serait quoi, exactement ? le taquina Jonah, reconnaissant que Wes brise le moment, ou il serait resté des heures à simplement savourer la beauté de Linc.

— Pas faux, dit Wes. Je ne vais pas attendre.

Ils n'avaient pas passé la porte que celle d'à côté s'ouvrit.

— Eh bien, ne sont-ils pas adorables ? s'exclama Sammy. Aidan, amour, va chercher mon téléphone. Je veux des photos.

Jonah aurait pu protester, mais Linc sourit et passa un bras autour de lui, l'attirant contre son torse. Une petite bouffée de son parfum fit trembler les genoux de Jonah, qui s'appuya contre la chaleur de Linc pendant que Sammy prenait des photos comme lors d'une séance professionnelle.

— Ça suffit, bébé, dit finalement Aidan en lui reprenant le téléphone. Ils vont devoir y aller.

— Notre bébé quitte le nid, ronronna Sammy en tirant Jonah à lui pour le prendre dans ses bras. Tu as ton téléphone ? Je veux des photos du bal.

Jonah tapota sa poche arrière pour confirmer.

— Et toi !

Sammy désigna Linc.

— Assure-toi que ce jeune homme ait l'occasion de bien remuer son beau popotin.

— C'est vrai qu'il est beau, dit Linc. Mais Aidan a raison. On devrait y aller.

— Dis bonjour à mon cow-boy pour moi, lança Wes alors que Linc conduisait Jonah vers sa camionnette, et Sammy leur souffla un baiser.

— Désolé pour ça, murmura Jonah une fois que Linc eut quitté le trottoir. Ils sont un peu excessifs parfois.

— Ce sont tes amis, dit Linc. Il n'y a pas à t'excuser. Maintenant, approche-toi de moi comme si on se connaissait.

Jonah se déplaça joyeusement sur la banquette pour se recroqueviller contre Linc.

LE niveau de sponsor de Linc devait inclure un parking VIP, parce qu'il put dépasser la ligne de véhicules qui attendaient de tourner sur le parking de Gilley et laisser sa camionnette à un voiturier. Celui-ci ne grimaça pas devant la Ford vintage de Linc, le billet que lui glissa le jeune homme en même temps que les clefs ayant sans doute aidé.

— Tu es déjà venu à Gilley avant ? demanda Linc alors qu'ils passaient sous un chapiteau, avec un énorme néon de la forme du Texas, jusqu'à rejoindre un bâtiment en briques à un étage.

— Non, répondit Jonah. Je ne m'attendais pas à ce que ce soit si grand.

— Un peu trop touristique à mon goût, mais c'est l'un des centres commerciaux intérieurs suffisamment grands pour accueillir un bal.

Ils s'arrêtèrent à la table d'accueil, où une volontaire regarda les tickets de Linc et leur tendit deux sacs de cadeaux.

— La fête des Barons VIP a déjà commencé, dit-elle d'un ton d'excuse. Mais je crois que certaines

personnes de votre groupe sont déjà arrivées. Vous êtes
en table 36, juste devant la scène.

Jonah regarda dans son sac, rempli de boîtes, de
sacs plus petits et d'enveloppes. Peut-être que Sammy
aimerait en fouiller le contenu plus tard. Linc lui prit la
main et le guida le long d'un couloir bordé de selles et
de grands posters de films de western.

— Ils ont loué tout le centre pour la nuit ? demanda
Jonah.

— Ouaip.

Linc désigna plusieurs panneaux qui pendaient du
plafond.

— Il y a des enchères silencieuses et classiques,
si ça t'intéresse, et quelques tables de jeu si tu aimes
ça, et bien sûr, il y a aussi un taureau mécanique si tu
veux tester.

— Je ne suis pas joueur, et le taureau n'est pas du
tout mon truc, objecta Jonah.

— Moi non plus, dit Linc avec un sourire. C'est
une chose que je n'ai jamais été assez suicidaire pour
essayer, mais Ford n'est pas mauvais quand il s'y met
sérieusement.

Ils passèrent plusieurs petites salles dotées de
tables couvertes et de bars ouverts avant d'arriver aux
portes qui menaient à la salle de bal côté sud.

— C'est énorme ! s'exclama Jonah quand ils
entrèrent.

Le grand espace contenait des centaines de tables
rondes couvertes de nappes, disposées autour d'une
grande piste de danse. Au fond de la salle, non loin
d'une scène occupant l'intégralité du mur le plus
éloigné, les tables étaient séparées par un cordon de
sécurité et numérotées. Avant qu'ils puissent trouver la
36, Ford se leva et attira leur attention.

— Content que vous ayez pu venir, dit Ford une fois qu'ils eurent slalomé entre les tables et les groupes debout à discuter. Vous avez raté toutes les boissons gratuites à la fête VIP.

Eloise, assise de l'autre côté de la table avec le même homme que lors de la soirée des donateurs, fronça les sourcils en les voyant mais ne dit rien. Linc se pencha pour tendre la main.

— Franklin, c'est agréable de vous revoir. Eloise, merci d'avoir représenté les Courtwright, comme toujours.

Jonah reconnut Marcela, qui était en cuisine au ranch, assise à côté de Ford, mais il ne connaissait pas les autres personnes assises.

— Et pour ceux qui ne le connaissaient pas, voici Jonah, dit Linc pour le présenter.

Il ne dit pas que Jonah était son cavalier, mais il passa un bras autour de sa taille, ce qui lui gagna un regard mécontent d'Eloise.

— Jonah, voici Ignacio, sous-directeur au ranch, et sa femme, Abril.

Jonah leur sourit.

— Et voici Eli, qui a coordonné les vaccinations pour nous cette année, et Zoe, une de nos meilleures cow-girls pour s'occuper des veaux.

Eli se leva à moitié et offrit la main par-dessus la table. Jonah se demanda si Eli et Zoe, ou Ford et Marcela, qui sait, étaient en couple ou juste des employés du ranch, mais il aurait été impoli de demander.

— Wes te salue, dit-il à Ford à la place.

— Tu aurais dû le faire venir, répondit Ford avec un sourire. On aurait récupéré une chaise en plus pour lui.

Il désigna de la main les rangées de tables collées au mur, où se trouvaient des plats.

— La nourriture n'est pas mauvaise. Tu devrais prendre quelque chose avant que tout le monde arrive pour la suite des événements.

— On va aller voir ça. Tu peux nous prendre de la bière et de l'eau pétillante ? demanda Linc.

Ford hocha la tête et se dirigea vers la file près du bar.

— Tu as faim ? questionna-t-il ensuite Jonah sans lâcher sa taille, tout en le conduisant vers le buffet.

Vu comme son estomac était noué, Jonah n'était pas certain de pouvoir manger quoi que ce soit, mais ce n'était probablement pas une bonne idée de danser toute la nuit – comme il l'espérait – le ventre vide. Il prit un peu de tous les plats variés mis à disposition et fit de son mieux pour manger autant que possible, pendant que derrière eux, un groupe de musique local occupait la scène pour un échauffement avant les groupes officiels.

La salle se fit de plus en plus bruyante à mesure que les gens commençaient à rejoindre les tables et à faire la queue pour une boisson, surtout une fois que le groupe commença à jouer. Dès que Jonah repoussa son assiette encore à moitié pleine, Linc se leva et tendit la main.

— Tu veux danser ?

Puisque Linc n'avait pas donné de réponse quand Sammy l'avait quasiment obligé à danser avec Jonah, et même s'il avait espéré que son patron accepte, Jonah n'avait pas été certain qu'ils en viennent là.

— J'adorerais, accepta-t-il rapidement.

Il prit sa main et ignora le regard noir d'Eloise alors qu'ils allaient sur la piste.

Il lui fallut quelques minutes pour arriver à suivre les pas avec un autre homme, et plus que ça encore jusqu'à ce que la chaleur de la main de Linc, une dans la sienne et la paume de l'autre appuyée entre ses omoplates, se transforme d'un frisson de nervosité à un frisson sensuel. Linc le guida sur la piste d'une simple pression de la main ou d'un mouvement de genou pour lui indiquer la direction. À leur seconde danse, Linc les fit tourner pour que Jonah n'ait plus à reculer et ait à son tour la main pour guider la danse.

Jonah perdit le fil du temps, la musique changeait sans cesse et sans qu'il ne le réalise vraiment. Ils allèrent ensuite à leur table quand le groupe quitta la scène pour laisser place à un autre, plus connu au niveau international, et Jonah en profita pour prendre l'une des bouteilles d'eau que Ford avait rapportée du bar, ainsi que des bouteilles de bière prise dans un bac à glace au centre de la table. Il prit quelques photos avec son téléphone pour Sammy, puis fit un signe de la main quand il repéra Natalie Prestwick assise non loin, et elle lui envoya un baiser. Eloise n'était pas à table, mais Jonah se fichait de savoir si elle dansait avec Franklin ou saluait un ami, tant qu'elle ne le regardait pas avec ses yeux noirs. Linc et lui n'avaient pas été observés avec gêne ni n'avaient reçu de commentaires déplaisants durant leurs danses – ou Jonah n'avait en tout cas rien remarqué –, et il ne voulait pas laisser la désapprobation d'Eloise lui gâcher son plaisir.

Après ça, ils partirent rejoindre plusieurs groupes de danseurs avec Ford et d'autres employés de Broken Spoke, mais pour le plus gros de la soirée, Jonah dansa avec Linc. Il était difficile d'échanger quelques mots entre deux chansons, mais le sourire sur le visage de

Linc et la chaleur dans son regard convainquirent Jonah qu'il aimait autant la soirée que lui.

Quand le troisième groupe monta sur scène, et que Jonah eut vidé un tiers de sa bouteille d'eau, il dut aller aux toilettes. Trouvant la ligne d'attente pour ceux-ci dans la salle de bal, Jonah décida de s'aventurer dans le couloir pour trouver une salle plus petite, où il espérait qu'il y aurait moins de monde. Quand il eut fini, il passa quelques minutes à regarder les gens qui chevauchaient le taureau mécanique, et la manière dont il était secoué le rendait heureux que Ford n'ait pas tenté le coup. Il retourna vers la salle de bal principale, mais avant d'arriver à leur table, il repéra Melissa qui approchait. Elle portait une chemise en soie blanc crème et une jupe courte en cuir noir, une large ceinture incrustée de strass à la taille, et Jonah aurait pu jurer qu'elle portait les mêmes bottes en peau de Caïman que Sammy avait tenté de le convaincre d'acheter. Son cavalier n'était nulle part en vue, ce qui expliquait pourquoi elle n'hésita pas à aller vers Linc et passa les bras autour de son cou.

Jonah était trop loin pour entendre ce qu'elle disait à Linc, mais il était évident qu'elle voulait le tirer sur la piste de danse. Jonah avait pris soin de garder une distance raisonnable entre Linc et lui quand ils avaient dansé, mais Melissa n'avait pas tant de pudeur. Elle avait dû attendre jusqu'à reconnaître une chanson plus lente pour pouvoir s'étaler tout contre Linc à travers les pas d'une valse country. Jonah alla à sa table tout en les regardant danser sur la piste, et remarqua que quelqu'un avait pris la dernière bouteille d'eau. Il prit une bière et la sirota tout en les regardant. Quoi que Melissa espérât accomplir, Linc ne semblait pas se faire avoir. Elle avait beau s'accrocher à lui, il gardait les mains sur ses épaules et la tête haute, et dès que la chanson fut terminée, il s'écarta. Ils échangèrent quelques mots, mais quand Linc revint vers la table, elle se tourna et disparut dans la foule.

Quelques minutes plus tard, Carrie Underwood arriva sur scène et Jonah oublia tout ce qui touchait à Melissa quand Linc prit sa main et le mena sur la piste de danse. La musique se fit plus lente et romantique et Linc réduisit peu à peu la distance entre eux à chaque nouvelle chanson.

Jonah ferma les yeux et laissa les mouvements de la danse et le parfum de Linc, la chaleur irradiant de son corps, le bercer dans un étourdissement sensuel. Linc baissa peu à peu la tête pour la poser contre celle de Jonah, assez près pour qu'il sente la repousse de sa barbe contre sa joue. Jonah imagina alors la caresse de celle-ci contre une zone plus intime. Carrie commença une reprise de « Crazy » de Pasty Cline et Linc approcha les lèvres de l'oreille de Jonah, qui trembla sous son souffle chaud. Quand la chanson fut terminée, son patron murmura à son oreille :

— Tu viens chez moi ?

Chapitre dix-sept

JONAH leva la tête pour le regarder dans les yeux. Ceux-ci semblaient plus sombres qu'à leur habitude, et Linc soutint son regard avec une force qui l'empêchait de baisser la tête.

— C'est bientôt fini ? demanda-t-il, respirant avec difficulté.

Linc secoua la tête sans se détourner.

— Ça va durer toute la nuit. Ils servent le petit déjeuner à ceux qui resteront aussi longtemps. Mais il faut que nous partions d'ici avant que je t'embrasse au beau milieu de la piste de danse.

Cela n'aurait pas dérangé Jonah, mais Linc leva une main pour caresser son menton avec ses doigts calleux.

— Et c'est trop précieux pour être partagé avec une salle pleine d'étrangers.

N'importe quelle autre nuit, Jonah aurait hésité, mais les paroles de Linc n'auraient pas pu mieux exprimer ses propres émotions. Il avait besoin que Linc l'embrasse, et il savait déjà que des baisers ne suffiraient pas. Il avait dansé avec des hommes avant, les avait embrassés, mais il n'avait jamais ressenti le désir d'aller plus loin, il n'avait jamais eu ce besoin qui le brûlait de l'intérieur et il savait, tout au fond de lui, que seul Linc pouvait l'apaiser.

— Allons-y, dit-il.

L'étiquette exigeait qu'ils disent au revoir au reste du groupe, mais pour cette fois, Jonah était prêt à oublier les leçons de ses parents. Linc ne regarda même pas vers la table, il prit simplement sa main et le dirigea vers la sortie. Jonah crut voir Ford leur sourire alors qu'il dansait avec Zoe, mais ils étaient déjà dehors et descendaient le couloir avant qu'il puisse faire un signe de la main.

Jonah n'était pas sûr de savoir comment ils étaient arrivés à l'appartement de Linc. Ils avaient dû récupérer la camionnette auprès du voiturier et conduire les quelques kilomètres jusqu'à Design District, puis grimper les escaliers jusqu'à son appartement en haut de l'immeuble, mais la seule chose que Jonah avait remarquée, c'était la chaleur de la main de Linc sur la sienne, la passion qui brillait dans ses yeux, la caresse de ses lèvres sur ses cheveux.

Quand la porte se ferma derrière eux, Jonah tendit la main et tira la tête de Linc à lui. Il ouvrit les lèvres pour accueillir son baiser, plongea les mains dans ses cheveux pour le tenir en place, pour que Linc ne puisse pas s'échapper. Penchant la tête pour pouvoir aller plus loin encore dans la bouche de Jonah, Linc monta les mains derrière sa tête pour le caresser, pour passer le pouce sur sa joue. La caresse était douce, même dans la passion de leur baiser, et Jonah en trembla.

Linc recula, bien que son amant ne baissa pas la main.

— C'est trop ? souffla-t-il.

— Pas assez.

Jonah regarda l'appartement de Linc, meublé dans un style moderne qui ne semblait pas correspondre aux goûts de son patron. Mais il y avait un canapé, et c'était tout ce dont Jonah se préoccupait pour le moment. Il prit la main de Linc et le tira jusqu'à ce qu'ils puissent y tomber dessus.

— Jonah.

Linc passa un bras autour de ses épaules pour le retenir alors qu'il liait leurs lèvres. Le baiser était lent et douloureusement doux, mais pas assez pour satisfaire le besoin de Jonah. Il glissa les mains dans le dos de Linc, qui gémit contre lui. La pensée que sa caresse puisse donner du plaisir à Linc était enivrante, et il répéta la caresse du bout des doigts, puis, plus audacieux, passa la main par ses flancs pour poser sa paume sur sa poitrine. Linc se courba pour lui laisser un meilleur accès.

Avec cette permission tacite, Jonah continua de l'explorer. Des deux mains, il caressa le long des côtes de Linc, jusqu'à son col, puis en bas jusqu'à sa ceinture. Quand il les monta à nouveau, il passa sur les mamelons de Linc, qui gémit. Le coton doux de sa chemise était tout à coup une barrière intolérable entre le besoin de Jonah et la peau de Linc. Il leva le regard vers lui tout en cherchant des mains jusqu'à trouver le premier bouton de la chemise de Linc.

Linc leva la tête, le regard brillant.

— Oh, oui, haleta-t-il d'une voix rauque. Touche-moi.

Les doigts de Jonah tremblèrent peut-être un peu en faisant glisser le premier bouton, mais il défit le reste sans regarder, les yeux dans ceux de Linc. Ce ne fut que quand il sentit la ceinture de Linc contre ses mains qu'il baissa les yeux sur ce qu'il venait de révéler. Le torse de Linc était couvert d'une fine couche de poils dorés. Jonah repoussa les pans pour dévoiler des tétons foncés qui pointaient sous les boucles. Il passa le pouce sur eux et Linc frissonna.

Dans son jean, le sexe de Jonah était douloureusement tendu, non pas parce que Linc le touchait, mais parce que lui touchait son amant. Il contourna les tétons du pouce, attrapa quelques poils bouclés et tira doucement dessus, puis fit parcourir ses paumes sur sa peau chaude et douce. Linc le laissa l'explorer quelques minutes, mais quand Jonah se remit à frotter ses tétons, il soupira brutalement et le tira dans un baiser. Linc se déplaça sur le canapé étroit en même temps que Jonah tentait de passer les mains derrière lui pour sortir la chemise de son pantalon. Les deux mouvements combinés firent tomber Linc au sol.

Il se rattrapa d'une main sur la moquette et s'assit en riant.

— Cette fichue maison a été vendue meublée et je n'ai jamais pris la peine d'en acheter d'autres. Mais ce canapé va disparaître de là.

Il se leva et tendit la main à Jonah.

— On sera bien plus à l'aise dans la chambre.

Jonah le laissa l'aider à se lever et vola un autre baiser avant que Linc le conduise dans la pièce d'à côté. Il savait qu'il s'approchait du point du non-retour, mais il ne voulait pas hésiter. Tout ce qu'il ressentait était si juste. C'était tout ce qu'il avait toujours recherché. Linc était l'homme qu'il avait toute sa vie rêvé de trouver. Après ce soir, il pourrait commencer à croire que Linc ressentait la même chose.

La chambre était meublée dans ce même style moderne que le salon, avec un lit king-size. Linc dégagea sa chemise de son pantalon et la fit tomber au sol, puis s'assit au bord du lit pour retirer ses bottes. Jonah en fit de même avant de se tourner vers lui.

— Laisse-moi voir si tu es aussi parfait que je l'ai imaginé, murmura Linc.

Il déposa une traînée de baisers le long du visage de Jonah jusqu'à son cou tout en ouvrant sa chemise. Jonah n'avait pas autant de poils sur le torse que Linc, juste une spirale entre ses tétons qui devenait une fine ligne sur son abdomen et disparaissait dans son pantalon. Linc enfouit son nez contre le pouls qui battait à la base de la gorge de Jonah, puis leva la tête.

— Tu es magnifique.

Jonah voulait tant qu'il le touche, mais Linc se glissa au sol et s'agenouilla entre ses genoux. Il glissa les bras autour de sa taille et le courba en avant jusqu'à pouvoir poser les lèvres contre le torse de Jonah, qui sentit son souffle se couper et s'appuya sur ses paumes pour ne pas s'effondrer. Rien de ce qu'il avait imaginé ne se rapprochait du délice de sentir les lèvres et la langue de Linc qui retraçaient ses côtes, plongeaient sur son ventre, mordillaient en remontant vers son sternum. Quand Linc lécha un de ses tétons, Jonah ne put retenir son gémissement, et quand il le prit entre ses dents pour le sucer, le sexe du jeune homme tressauta avec tant de force qu'il était certain que son amant l'avait senti.

Linc passa la paume le long de la jambe de Jonah et la déposa sur le jean tendu.

— C'est ce que tu veux, Jonah ?

Il ne frotta pas, ne serra pas, mais la simple chaleur de sa main manqua de faire jouir Jonah.

— Je te veux, dit ce dernier.

Avec sa gorge serrée, il fut surpris d'entendre ses mots sortir aussi clairement.

— S'il te plaît, Linc.

— Alors enlevons ça.

Doucement, Linc défit la ceinture de Jonah et descendit sa braguette. Jonah se souleva sur les mains pour aider Linc à faire glisser son jean et son caleçon d'un seul mouvement. Alors que Linc se levait pour enlever ses propres vêtements, Jonah retira ses chaussettes et se positionna au centre du lit, où il enleva sa montre et la déposa sur la table de nuit. Il ne put s'empêcher de regarder Linc se redresser et le rejoindre sur le lit. La même fine ligne de poils dorés qui couvraient son torse était visible sur ses bras et ses jambes et formait un nid autour de la base de son érection. Linc avait dit qu'il était magnifique, mais Jonah n'avait jamais vu d'homme plus parfait. Il ouvrit les bras et Linc se plaça entre eux, et pour la première fois, Jonah sentit le contact peau contre peau sur tout son corps.

Il frissonna quand le poids de Linc fut sur lui, et celui-ci se redressa sur les coudes.

— Je suis trop lourd ?

— Tu es parfait.

Jonah le tira à lui en appuyant sur son dos et l'embrassa. Il pouvait sentir le sexe de Linc durcir alors qu'il approfondissait le baiser, et il fit glisser sa main de plus en plus bas sur son dos, jusqu'aux muscles fermes de ses fesses. Quand il les pressa l'un à l'autre, Linc grogna et s'écarta de ses lèvres.

— Comment tu veux faire ça, bébé ? Actif ou passif ?

Pendant un moment, Jonah en fut stupéfait. Quand il avait rêvé de faire ça avec Linc, il l'avait toujours imaginé prendre le contrôle, le rendre tellement fou qu'il accepterait tout ce qu'il lui dirait. L'idée que Linc puisse lui offrir le contrôle ne lui avait jamais traversé l'esprit. Ce n'était pas une idée à rejeter, mais il était impensable que Jonah risque de ruiner leur première fois en étant très imparfait, à tâtonner parce qu'il ignorait ce qu'il faisait. Bien sûr, cela signifiait avouer son inexpérience à Linc. Il ne pensait pas que ça ferait une différence, pas maintenant, mais c'était malgré tout embarrassant d'admettre que c'était sa première fois.

— Tu ferais mieux d'être au-dessus. Je n'ai jamais fait ça avant.

— Tu n'as jamais été au-dessus ? Sans vouloir t'offenser, les hommes que tu as connus étaient des idiots.

— Non, je… Je veux dire, je n'ai jamais… Il n'y a jamais… Je n'ai jamais… couché avec qui que ce soit, avant.

Linc sembla à son tour un peu perplexe.

— Tu sortais avec des filles avant ton coming-out ?

Jonah secoua la tête.

— C'était comme leur donner de faux espoirs alors que je savais que je ne serais jamais attiré par elles. Et depuis que je suis à Dallas, eh bien, je suis allé en boîte et je suis sorti avec quelques types, mais je n'ai jamais voulu faire ça avec qui que ce soit. Jusqu'à aujourd'hui.

Linc laissa échapper un souffle et l'embrassa tendrement.

— Mon doux, doux Jonah. Tu es le plus pur des trésors.

Son regard étincela de malice.

— Et je vais m'assurer que ta première fois soit inoubliable.

Linc s'avéra être un homme de parole. Il s'agenouilla, à cheval sur le corps de Jonah, et le vénéra de la tête aux orteils, avec ses mains, puis avec ses lèvres et sa langue. À chaque fois qu'il trouvait une zone ou une caresse qui faisait trembler Jonah, il s'en éloignait puis y revenait plus tard. Il gardait Jonah sur une fine ligne sensuelle sans jamais lui offrir ce dont il avait besoin pour atteindre l'orgasme. Jonah tenta plusieurs fois de rendre le plaisir que Linc lui offrait, mais ce dernier n'acceptait que quelques baisers et caresses, puis guidait à nouveau Jonah sur le lit et redoublait d'efforts pour le rendre fou.

Et ça ne suffisait toujours pas. Jonah s'était déjà conduit à l'orgasme avant, quand il avait besoin de se soulager – et surtout depuis qu'il travaillait pour Linc –, mais ça avait toujours été rapide. Il n'avait jamais tenté de prendre son temps, ni même imaginé à quel point aller si lentement pouvait être puissant. Ou peut-être que la différence, c'était que Linc le touchait, l'embrassait, l'aimait. Parce que c'était bien ce dont il avait l'impression. Ses propres caresses n'avaient jamais rendu le corps de Jonah aussi sensible, ses nerfs n'avaient jamais ressenti un tel bonheur. Essayer de comparer ce qu'il avait connu avec les quelques hommes avec lesquels il avait dansé et ce que les caresses de Linc faisaient… c'était impensable. Linc devait forcément tenir à lui pour prendre ainsi son temps pour l'aimer aussi entièrement et soigneusement.

Linc le faisait haleter, gémir, courber son corps à la moindre caresse, mais Jonah avait besoin de plus. Qu'importe à quel point Linc le rendait délirant, il y avait un vide en lui qui demandait à être rempli. Il avait besoin que Linc le fasse sien, se joigne à lui de la plus intime des façons.

— S'il te plaît, supplia-t-il quand Linc était entre ses cuisses, léchant son sexe et sous ses bourses.

Chaque coup de langue emplissait Jonah de besoin.

— Linc, s'il te plaît. J'ai besoin de toi.

— Tu n'auras jamais à supplier, Jonah.

Linc remonta et l'embrassa avec passion, lui faisant goûter sa propre saveur musquée qu'il trouva étrangement alléchante. Il se promit alors qu'un jour, il goûterait Linc de la même manière, mais il semblait bien que ce ne serait pas pour cette nuit. Arrêtant le baiser, Linc ouvrit un tiroir sur la table de chevet. Il sortit un emballage et le déposa à côté de Jonah – qui ravala un rire en pensant que Wes avait eu raison, en fin de compte –, et s'agenouilla entre les cuisses de Jonah avec une petite bouteille en main.

Jonah avait déjà essayé de se doigter une fois ou deux, mais ça n'avait jamais été spécialement agréable. En tout cas, pas du tout comme les doigts de Linc, qui effleuraient et encerclaient son entrée, le faisant trembler à chaque passage. Le liquide était chaud et glissant, et il eut alors envie que Linc vienne en lui, alors qu'il n'avait même pas encore mis un doigt. Puis il se pressa contre la main pour en avoir plus quand ce fut enfin fait. Linc pouffa un peu et tourna le doigt jusqu'à effleurer une zone qui fit pousser un petit cri à Jonah. Il se mordit la lèvre pour s'empêcher de crier, mais Linc se dressa vers lui pour l'embrasser tendrement.

— Ne te retiens pas. Laisse-moi t'entendre.

Il renonça à tenter de se maîtriser après ça. Il laissa ses gémissements et ses suppliques lui échapper librement alors que Linc le préparait, prenant soin de frotter cette zone à chaque fois que l'étirement devenait presque douloureux. Quand Jonah fut certain qu'il allait jouir si Linc n'arrêtait pas, il l'attrapa par les épaules et l'embrassa furieusement.

— Ça suffit. Vas-y.

Linc lui passa le préservatif.

— Tu me le mets ?

Ses mains tremblaient tellement qu'il fallut trois tentatives à Jonah pour l'ouvrir. Linc ferma les yeux quand il déroula le préservatif sur lui. Puis son amant versa du lubrifiant dans la main de Jonah et le guida pour l'appliquer sur son membre. Quand Jonah commença à s'attarder, Linc le fit rouler sur le côté et plier un genou.

— Ça sera plus facile pour toi comme ça, la première fois, murmura Linc à son oreille.

Il se pressa dans son dos et embrassa sa nuque tout en alignant leurs corps.

— Laisse-moi entrer, bébé.

S'il y avait la moindre gêne, Jonah ne la sentit pas tant il était émerveillé de sentir Linc l'emplir. Son amant bougea lentement, au début, mais quand Jonah pressa en retour contre lui, il attrapa sa hanche d'une main et caressa son membre de l'autre, en rythme avec ses coups. Il y avait encore du lubrifiant sur la main de Linc, ce qui rendait ses mouvements sur sa chair brûlante plus fluides, et à chaque coup de reins, il effleurait la zone sensible en Jonah, jusqu'à ce que ce dernier tremble et crie le nom de Linc et rien, absolument rien, n'aurait pu retenir la vague d'extase qui le submergea. Il eut vaguement conscience que Linc se tendait derrière lui, puis son amant l'embrassa et l'essuya avec un gant chaud et mouillé avant de le prendre dans ses bras.

Jonah posa la tête contre son épaule et se laissa sombrer dans le sommeil, persuadé que sa vie ne pourrait être plus parfaite.

Chapitre dix-huit

JONAH se réveilla lentement, réticent à l'idée de quitter le rêve dans lequel il était pressé contre un torse chaud avec les poils qui chatouillaient sa joue. Quelque chose effleura son épaule et il le repoussa, se collant un peu plus aux bras accueillants de ses rêves. Quand un petit baiser insistant écarta ses lèvres, ses paupières s'ouvrirent et il se retrouva à regarder les yeux noisette de Linc.

— Tu es un rêve, murmura-t-il, endormi.

— Toi aussi, mais il est temps de se réveiller.

Linc vola un nouveau baiser.

— On s'est couchés tôt hier soir. J'ai pensé que tu voudrais prendre une douche ce matin.

— Je veux pas bouger.

Jonah tenta de tirer Linc à lui, mais ce dernier s'écarta de sa prise et lui embrassa le nez.

— Je vois que tu n'es pas du matin. Je vais devoir m'en souvenir.

— En général je le suis, mais quelqu'un m'a épuisé hier soir, rétorqua Jonah.

Puis il plaqua une main sur ses lèvres quand il réalisa le sous-entendu involontaire.

— En dansant, je veux dire, ajouta-t-il rapidement avant de tourner le visage pour l'enfoncer dans l'oreiller.

Linc pouffa.

— Ça veut donc dire que je vais me laver le premier.

Il se pencha et souffla à l'oreille de Jonah :

— Tu pourrais te joindre à moi.

Cela envoya tout un tas d'images dans la tête de Jonah, mais il n'osa pas accepter la proposition. Il en mourrait de honte, si ses jambes le lâchaient dès qu'il verrait le corps de Linc merveilleusement dégoulinant d'eau. Il secoua la tête mais la garda sous les draps, certain d'avoir les joues en feu.

— Très bien, Dormeur. Je reviens vite.

Il mordilla l'oreille de Jonah, seule partie de son corps qui sortait des draps.

— Et si tu n'es pas réveillé d'ici là, je vais devoir prendre des mesures drastiques.

Jonah sortit la tête de sous le drap pour regarder Linc, entièrement nu, qui allait dans la salle de bain. C'était une vue qui méritait totalement qu'il se réveille tôt un dimanche matin. Il s'installa contre les oreillers et se demanda comment il pouvait avoir autant de chance.

Il dut s'endormir, parce que la sonnerie du téléphone le réveilla d'un coup. Ce n'était pas son portable, celui-ci se trouvait toujours dans la poche de son pantalon, quelque part au sol. Il se redressa sur ses coudes et vit un téléphone sur la table de nuit. Après un bref débat avec lui-même pour savoir s'il devait ou non répondre, il décida que si quelqu'un appelait si tôt chez Linc, ce devait être important. Il prit le casque téléphonique et pressa sur le bouton pour répondre.

— Allô ?

Il n'y eut pas de réponse.

— Allô ? tenta-t-il à nouveau.

Il allait mettre ça sur le compte d'un faux numéro et raccrocher quand l'interlocuteur parla enfin.

— Je crois que j'aurais dû m'attendre à vous trouver là.

Il n'eut aucun problème à reconnaître la voix d'Eloise Courtwright, vu son ton dédaigneux.

— Alors vous ne devriez pas être surprise que je réponde, dit-il.

Oui, c'était un peu impoli, mais il en avait marre de son attitude.

— Laissez-moi parler à mon beau-fils.

— Il est sous la douche.

Dès qu'il eut dit ça, Jonah réalisa qu'il aurait simplement dû répondre que Linc ne pouvait pas parler pour le moment. Le fait qu'il soit toujours là disait déjà tout, mais que Linc prenne une douche, cela trahissait l'intimité qu'ils avaient partagée.

— Tu crois avoir gagné, pas vrai ? grogna Eloise. Pauvre idiot ignorant. Tu n'imagines quand même pas que c'était sérieux, et pas juste une façon pour Linc de punir Melissa ?

— De la punir ? Pourquoi ?

Pour Jonah, ça n'avait aucun sens, et de plus, Linc n'irait jamais délibérément blesser qui que ce soit.

— Pour son comportement au bureau de Lincoln. Melissa sait qu'elle a mal agi. Aucun homme n'aime se voir forcer la main comme ça. Son père n'était pas différent.

Elle claqua sa langue d'impatience.

— Alors il a invité la personne la plus scandaleuse possible à sa place. Même son contremaître l'a admis. « Linc n'aurait pas pu trouver mieux pour être certain de lui… »

Elle coupa rapidement sa phrase.

— « pour la mettre dans une rage folle ». Je l'ai entendu dire ça aux autres employés.

Jonah pouvait imaginer Ford dire ça – il aurait très probablement utilisé une expression qu'Eloise n'oserait pas répéter. Et il savait, pour avoir entendu leur conversation, que Ford avait pressé Linc à trouver un cavalier – homme ou femme – à la place de Melissa.

— Melissa a tenté de s'excuser au bal, mais il est impossible d'avoir une conversation sur une piste de danse, continua Eloise.

Ce qui était vrai, comme Jonah l'avait remarqué – et il avait vu Melissa tirer Linc sur la piste pour lui parler.

— Alors je l'ai invitée à se joindre à Linc et moi pour le dîner au ranch, ce soir. Ils régleront leur malentendu, et tout redeviendra normal.

— Linc ne veut plus voir Melissa. Il l'a dit, protesta Jonah.

— Bien sûr qu'il te dirait ça, dit-elle avec dédain. Penses-tu vraiment que Linc préférait aller au bal avec toi plutôt qu'avec Melissa ? Tu n'as peut-être pas entendu les ricanements et les railleries sur son choix de venir avec un autre homme, vu comme tu étais accroché à lui comme une moule à son rocher toute la nuit, mais je te le confirme, je l'ai entendu. Tu étais là dans un seul et unique but. Et maintenant qu'il n'a plus besoin de toi, Linc n'ira jamais faire quoi que ce soit pour ternir et porter en disgrâce le nom des Courtwright.

Jonah sentit son estomac commencer à s'agiter. Il n'avait pas entendu qui que ce soit faire de remarque moqueuse la nuit dernière, mais ils avaient passé le plus clair de leur temps avec Ford et les employés du ranch. Avait-il vraiment terni la réputation de Linc en étant là ?

— Et ne va pas croire que passer la nuit avec toi voulait dire quoi que ce soit. Pourquoi crois-tu qu'il garde cet appartement ? se moqua Eloise. C'est là où il conduit les hommes avec lesquels il veut coucher. Il croit peut-être que je ne connais pas son vilain petit secret, mais je ne suis pas aveugle. Au moins il sait qu'il ne doit pas agir de manière aussi dégoûtante à la maison. Tu es le dernier d'une très longue liste, et il n'a même pas eu besoin de faire beaucoup d'efforts pour te ramener, pas vrai ? Il est clair que tu étais plus que prêt à tomber dans son lit. Et maintenant que tu as eu ton utilité pour récupérer Melissa, il te jettera aussi rapidement que les autres.

Jonah avait peur d'être malade. Il se souvenait comme il avait été rentre-dedans la veille, il avait embrassé Linc à peine la porte avait-elle été fermée, l'avait presque traîné vers le canapé et avait posé ses mains partout sur lui. Qu'est-ce que Linc pensait de lui ? Comment pouvait-il regarder son patron en face après avoir agi comme ça ?

Eloise déversait toujours son poison à ses oreilles, mais Jonah n'écoutait plus. Il raccrocha le téléphone, sortit du lit et chercha ses vêtements éparpillés au sol – une nouvelle preuve, s'il en avait besoin, qu'il avait été totalement hors de contrôle. Il les enfila d'une main tremblante et se faufila, trébuchant, hors de l'appartement, voulant partir rapidement avant que Linc ne lui dise de s'en aller.

Il était sur le trottoir quand il réalisa qu'il n'avait pas conduit et n'avait aucun moyen de rentrer chez lui. Il pourrait probablement trouver un taxi ? Mais il n'en voyait pas, alors il commença à se diriger vers ce qu'il pensait être le sud. Les paroles d'Eloise résonnaient dans son esprit : *et maintenant que tu as eu ton utilité pour récupérer Melissa, il te jettera aussi rapidement que les autres.*

Elle avait raison. Il était plus malin que ça. Il savait depuis le début que ce n'était qu'une mascarade, mais il avait été un idiot ignorant, comme Eloise l'avait dit, et s'était laissé croire que c'était réel. *Idiot, idiot, idiot.*

JONAH ne sut combien de temps il marcha à l'aveugle. Quand le soleil qui tapait sur lui commença à lui faire mal à la tête, il regarda autour de lui et réalisa qu'il n'avait aucune idée de comment rentrer à partir de là. Il n'y avait presque pas de circulation, rien d'autre que des entrepôts et des entreprises qui semblaient fermées le dimanche. Finalement, de désespoir, il sortit son téléphone de sa poche et appela Wes.

Il devait être déjà presque midi, parce que Wes répondit après quelques sonneries.

— Jonah ? Hé, tu as été chanceux hier soir ?

Jonah sanglota presque.

— Wes, tu peux venir me chercher ?

Il devait avoir une voix inquiétante, parce que le ton moqueur de Wes devint immédiatement sérieux.

— Tu vas bien ? Que s'est-il passé ? Où es-tu ?

Il pouvait voir des grues de chantier et une voie rapide au-dessus de sa tête, et il retourna vers l'intersection la plus proche pour lire les noms des rues.

— Entre Dragon Street et Wichita ?

— OK, ne bouge pas. Je cherche sur Google Maps et je viens te chercher. Tout va bien ?

Rien n'allait bien, mais il ne pouvait pas le dire par téléphone.

— Dépêche-toi.

Il trouva de l'ombre sous un arbre qui bordait un parking et se laissa tomber au sol, la tête sur les genoux. Plus il se souvenait de son comportement de la veille, plus il se sentait malade. Ça avait été merveilleux, mais il avait été trop égoïste, il avait laissé Linc faire tout le travail pour lui donner du plaisir. Et dès qu'ils avaient terminé, il s'était endormi. Même si ça avait signifié quelque chose pour Linc, il ne voudrait plus jamais l'avoir dans son lit. Linc avait promis que Jonah n'oublierait jamais sa première fois, et il avait réussi. Même si Jonah voulait effacer ce souvenir de sa mémoire, il savait que l'humiliation de cette nuit ne le quitterait jamais.

Il ne pouvait pas rester assis là à pleurnicher comme un enfant. Il devait bouger, il devait partir. Il lutta pour se lever et s'apprêtait à partir à nouveau, quelque part, n'importe où, quand Wes s'approcha avec son scooter.

— Tu vas bien ? Que s'est-il passé ? Il t'a fait du mal ?

Jonah secoua la tête. Tenter d'expliquer comme il s'était ridiculisé était plus qu'il ne pouvait supporter.

— Parce que je te jure, s'il t'a fait du mal, je me fiche de tout son argent, je vais lui botter les fesses…

Jonah déglutit, la gorge sèche.

— Ramène-moi à la maison, Wes.

Wes le regarda de haut en bas, scrutateur, comme pour s'assurer qu'il n'avait aucune blessure, puis tendit l'autre casque à Jonah.

— Tu vas devoir t'accrocher. Je n'ai pas pu prendre ta camionnette parce que je ne sais pas utiliser les vitesses.

— Ça ne fait rien, Wes. Merci.

Jonah accrocha son casque et monta derrière son ami sur le scooter. Il n'était pas vraiment fait pour deux personnes, mais Jonah passa les bras autour du torse de Wes et enfouit son visage contre son dos, heureux que le bruit du vent durant le trajet rende toute conversation impossible. Le contact aurait pu être apaisant, mais il lui rappelait quand il s'était réveillé contre le torse de Linc, et il se sentit à nouveau malade.

Quand Wes se gara devant leur maison, Jonah descendit maladroitement et se dirigea à l'intérieur. Il alla directement dans sa chambre et sortit son sac de voyage, qu'il commença à bourrer de tee-shirts, jeans et sous-vêtements pris au hasard. Il aurait pu prendre une douche, changer de vêtements, mais ça prendrait du temps, et il voulait partir au plus vite.

Il rentra presque dans Wes en sortant de la chambre.

— Qu'est-ce qu'il se passe ? Tu me fais peur, Jo. Assieds-toi et parle-moi.

— Je me suis ridiculisé, dit-il quand il réalisa que Wes ne le laisserait pas partir sans une explication. Je me suis laissé croire que ça voulait dire quelque chose, alors que non.

— Que t'a-t-il dit ?

— Ce n'était pas lui, dit Jonah avant de soupirer. Je veux juste rentrer chez mes parents, Wes.

— Tu ne vas pas conduire comme ça. Je t'y mène.

— Tu ne sais pas utiliser les vitesses, tu te souviens ? Et je ne vais pas jusqu'à Oktaha avec ton scooter.

— Alors je serai à côté de toi dans la camionnette, décréta Wes. Je ne crois pas que tu devrais rester seul.

— Ça ira mieux quand je serai en route. Et puis, comment tu reviendrais ? Tu dois travailler demain.

Bien entendu, lui aussi, mais c'était en supposant que Linc voudrait toujours qu'il travaille pour lui, ou que Jonah pouvait supporter de reprendre les choses comme elles étaient avant, s'il avait toujours un emploi.

Wes le tira dans ses bras.

— Je suis vraiment désolé, Jonah. Quoi qu'il se soit passé, tu ne méritais pas ça. Tu trouveras quelqu'un de mieux la prochaine fois.

Il n'y aurait pas de prochaine fois, mais Wes n'avait pas besoin d'entendre ça. Jonah le serra en retour, puis dévala l'escalier et partit rejoindre sa camionnette. Même s'il savait à quel point Wes avait mal pour lui, il avait besoin de retourner voir la personne qui l'avait toujours aimé de manière inconditionnelle.

Caylee.

Chapitre dix-neuf

LE café-restaurant était fermé quand Jonah arriva
à Oktaha. Il était dix-sept heures passées, mais il
n'y avait pas assez de monde pour rester ouvert les
dimanches après-midi quand presque tout le monde en
ville allait retrouver sa famille. Il lui avait fallu près de
quatre heures pour venir. Il pouvait en général mettre
moins de temps, mais il n'avait pas vraiment été pressé
de rentrer et d'admettre qu'il avait tout foutu en l'air.
Mais il ne pouvait pas rester à Dallas pour affronter
Linc, et il n'avait nulle part d'autre où aller.

Alors qu'il roulait, il réalisa à quel point il était
presque risible de voir comme ses rêves d'enfance
avaient tourné. Caylee et lui avaient prévu de se sauver
d'Oktaha pour aller voir le monde ensemble. Et quand
ils seraient revenus pour rendre visite à leur famille,

tout le monde aurait été impressionné de les voir aller aussi bien, et toutes les personnes qui s'étaient moquées de lui l'auraient admiré.

Au lieu de ça, il revenait la queue entre les jambes. Les seuls lieux exotiques qu'il avait visités, c'était Dallas et le ranch de Linc. Il s'était mêlé à la haute société une fois ou deux et s'était fourvoyé en pensant pouvoir trouver sa place parmi eux. Même s'il ne s'était jamais soucié d'avoir ou non sa place parmi eux, il voulait simplement sa place auprès de Linc. Et il avait réussi à ruiner toutes ses chances parce qu'il n'avait pas réussi à garder ses mains pour lui et sa queue dans son pantalon. Adolescent, il n'avait jamais vraiment prêté attention à ce que ses parents lui disaient, sur les risques de se laisser aller à ses pulsions, puisqu'il ne s'était jamais imaginé ressentir ça pour quiconque. Il supposait qu'il leur devait une excuse.

Il n'aurait jamais dû accepter de jouer le jeu de Linc. Il s'était dit qu'il ne faisait que l'aider et qu'il pouvait garder ses sentiments cachés. Linc n'aurait jamais dû le découvrir. Mais il s'était menti à lui-même. Il aurait fait n'importe quoi juste pour passer du temps avec cet homme. Sauf que Linc était si gentil et attentif qu'il s'était laissé croire que celui-ci tenait à lui également. Et la nuit précédente, quand Linc avait paradé avec lui devant Melissa pour lui montrer ce qu'elle avait perdu, il s'était fourvoyé en pensant que c'était réel. Il avait laissé la musique et la proximité l'exciter et il n'avait pas eu l'intelligence de réaliser ce dont il s'agissait vraiment. Linc aurait été idiot de ne pas le suivre quand il s'était jeté sur lui comme ça. Mais Jonah ne pouvait se mentir plus longtemps. Cette nuit avec Linc, c'était tout ce qu'il aurait jamais.

Le fait qu'il ait perdu son cœur au passage n'avait aucune importance. Au moins, Linc ne le saurait jamais. Il se réconcilierait avec Melissa, ou trouverait une autre femme convenable à épouser qui lui donnerait les enfants dont il avait besoin pour continuer la lignée des Courtwright. Et Jonah retournerait à Oktaha et pleurerait sur l'épaule de Caylee, puis trouverait une autre manière de continuer.

Sans Linc.

IL conduisit les quelques pâtés de maisons jusqu'à l'appartement de Caylee – en réalité, c'était quelques pièces que les Belton, une famille qui tenait une supérette, avaient transformées en appartement séparé pour que la mère de Mme Belton puisse y vivre, et qu'ils louaient depuis la mort de celle-ci. Il y avait une entrée indépendante à l'arrière de la maison, un fait dont Jonah était reconnaissant, puisqu'il ne voulait pas avoir à affronter les Belton. Bientôt toute la ville saurait qu'il était revenu, il n'avait pas besoin que Mme Belton commence à appeler tout le monde.

Il gara la camionnette à côté de la maison et frappa à la porte. Il fallut un petit moment avant que la porte s'ouvre et qu'elle regarde qui se trouvait là. Quand elle le reconnut, elle poussa un petit cri et ouvrit la porte en grand, le tira à l'intérieur et le serra dans ses bras.

— Jo-Jo ! Que fais-tu déjà là ? Enfin, aucune importance. Je suis si contente que tu sois venu !

Quand il l'avait vue au café-restaurant deux semaines plus tôt, Jonah l'avait trouvée plutôt fatiguée, mais elle était désormais encore pire. Son visage était gonflé et ses yeux rouges, comme si elle avait pleuré, mais sa peau semblait plus livide, et il aurait pu jurer

qu'elle avait perdu du poids. Quelque chose n'allait
pas. Il ne pouvait pas déballer ses propres problèmes
sans savoir en premier ce qu'elle traversait.

— Caylee, qu'est-ce qu'il y a ? Qu'est-ce qui ne
va pas ?

Elle lui fit un faible sourire.

— Ça n'aura pas été mes meilleures semaines,
mais toi, que fais-tu ici ? Tu n'as pas dit que tu comptais
revenir après mon anniversaire. Tout va bien avec tes
parents ?

— Aux dernières nouvelles oui. Je ne suis pas
encore allé à la ferme, admit Jonah. Ces derniers jours
n'ont pas été super pour moi non plus, mais laissons ça
de côté pour le moment. Dis-moi pourquoi tu pleurais.

— Pas avant que tu me dises pourquoi tu es revenu
à l'improviste, insista-t-elle. Tu n'es pas revenu depuis
Noël, et tout à coup tu viens deux fois en quelques
semaines. Et sans vouloir t'offenser, Jo-Jo, tu as une
sale tête.

— Et tu as l'air malade ! C'est le cas ?

Caylee se mit à rire.

— Regarde-nous, à débattre sur lequel d'entre nous
semble aller le plus mal. Faisons une pause, d'accord ?
Je n'ai pas la force de me battre.

— Alors dis-moi ce qui t'arrive, Cay.

— Si tu me dis ce qui t'arrive.

Il n'avait jamais pu gagner face à Caylee.

— OK, mais toi d'abord.

Elle inspira et souffla.

— Allons nous asseoir. J'ai le sentiment que la
conversation ne sera pas rapide.

Il la suivit jusqu'à la causeuse dans le petit salon,
ils s'assirent, mais elle ne dit rien. Il n'avait jamais vu

Caylee hésiter à dire ce qu'elle avait en tête, ce qui l'inquiéta encore plus. Il lui prit les mains et les serra.

— Raconte-moi tout.

Elle prit une autre inspiration et retint son souffle.

— J'ai couché avec Jack Ballinger.

Ce n'était pas drôle, mais il ne put que rire.

— Et j'ai couché avec Linc Courtwright.

— Mais c'est une bonne chose, non ?

Il secoua la tête.

— Pas vraiment. Et toi ?

— Pas vraiment non plus.

Ils sourirent tous les deux.

— Je veux dire, le sexe en lui-même – enfin, avant qu'on couche ensemble, même si le sexe était sympa aussi –, c'était magnifique, mais je l'ai presque forcé…

Caylee enfonça un doigt dans son bras.

— Je suis certaine qu'il ne s'est pas beaucoup débattu ! Pourquoi ne voudrait-il pas faire l'amour avec toi ?

Jonah dut cligner des yeux pour chasser des larmes soudaines.

— Je le croyais, Cay, mais le lendemain matin… C'était juste pour rendre Melissa jalouse. Je le savais quand j'ai commencé, mais je le voulais depuis si longtemps, et j'ai vraiment appris à le connaître au fil de ces déjeuners et dîners, c'était tellement plus que de la simple attirance physique. Puis au bal, on a passé presque toute la nuit à danser, et c'était tellement parfait que j'ai oublié que ce n'était pas réel. Je voulais qu'il m'aime, tellement… Mais ça n'aurait jamais été plus qu'une seule nuit, et je n'ai pas pu rester et le regarder en face.

— Il t'a dit ça ?

Le regard de Caylee brillait d'indignation.

— Non, mais il n'avait pas à le faire. Sa belle-mère a appelé ce matin, et elle travaillait déjà à réparer les choses entre Melissa et lui. Elle a dit que venir au bal avec moi faisait du tort à Linc au niveau social, et qu'il ne ferait rien pour ternir son nom de famille. Et maintenant que j'ai fait ce que j'avais à faire, il n'a plus besoin de moi.

— Je suis certaine que ce n'est pas vrai, Jo.

Caylee lui serra les mains.

— Elle a dit…

Même le souvenir était douloureux, mais il fallait que Caylee entende tout.

— Elle a dit que je ne devrais pas me faire d'illusions juste parce qu'il avait couché avec moi, parce qu'il ramène sans arrêt des hommes dans son appartement. Que j'étais le dernier d'une longue liste, et que je ne signifiais rien de plus pour lui.

— Et qu'est-ce que Linc a dit sur ça ?

— Quelle différence cela ferait ? Elle avait raison. Même si Linc ressentait quelque chose pour moi, je ne ferais que ternir sa réputation.

— Est-ce que Linc a dit ça ?

Jonah secoua la tête.

— Je n'ai pas pu lui faire face. Après la manière dont je me suis jeté sur lui, et…

Même à Caylee, il ne pouvait avouer avoir laissé Linc lui donner du plaisir avant de s'endormir.

— Je suis parti quand il était sous la douche.

— Jonah David Hollis ! Tu veux dire que tu es parti sans même écouter sa version de l'histoire ?

— Je ne *pouvais pas*, Cay. Je ne pouvais pas rester et l'écouter me remercier, me donner une tape sur la tête et me renvoyer chez moi.

Il déglutit, la gorge serrée. Il ne pouvait pas se laisser aller à pleurer, pas même devant Caylee.

— Je ne peux pas le laisser voir que je suis tombé amoureux de lui alors qu'il ne voulait qu'un service de la part d'un ami.

Caylee le tira dans ses bras et il se laissa aller contre elle quelque temps avant de se redresser.

— Tu sais donc pourquoi je suis dans cet état. Et toi, c'est quoi ton excuse ?

Il avait espéré alléger l'atmosphère, mais Caylee ne sourit pas.

— Je suis enceinte.

Pendant un instant, Jonah pensa qu'elle se moquait de lui, mais son expression ne changea pas.

— Et n'essaie même pas de me demander comment.

— J'ai grandi dans une ferme, Cay. Je sais comment ça marche. Mais vous ne vous êtes pas protégés ?

Caylee rougit.

— Nous ne l'avions pas prévu. On a juste… c'est arrivé avant qu'on le réalise.

Avant la nuit précédente, Jonah aurait pu avoir à redire sur ça, mais il savait d'expérience désormais qu'il était possible de laisser son désir l'envahir sans le vouloir.

— Jack n'avait eu personne d'autre et, vu mon cycle menstruel, je pensais que ça ne craignait rien.

Elle haussa les épaules.

— Puis j'ai eu du retard, et j'ai commencé à rendre mon petit déjeuner.

Voilà qui expliquait pourquoi elle était pâle et épuisée.

— Tu as vu un docteur ?

— Qui, le docteur Snyder ? Je pourrais tout aussi bien l'écrire en lettres géantes sur la tour d'eau. Et tu sais que l'hôpital le plus proche est à Muskogee. J'ai dû conduire jusqu'à Warner lors de mon jour de repos la semaine dernière juste pour acheter un test de grossesse dans une supérette où personne ne me connaissait.

— Est-ce que Jack le sait ?

Son visage se fit sévère et elle hocha la tête.

— Une fois certaine, je lui ai dit.

Une larme coula sur sa joue.

— Il sortait déjà avec Ella Kilmer. Il ne veut rien avoir affaire avec moi ou le bébé. Il a proposé de payer l'avortement, mais je ne peux pas...

Cette fois, Jonah tira Caylee dans ses bras et la tint jusqu'à ce que ses larmes cessent. Elle prit un mouchoir dans sa poche et se moucha, puis secoua la tête.

— Je vais m'en sortir. C'est juste que je ne sais pas encore comment. Je ne sais pas si les Belton me laisseront rester là quand le bébé sera né, mais tout autre appartement serait trop cher. Je vais devoir voir si je peux faire plus d'heures au café-restaurant, mais je vais aussi devoir payer la garderie, à moins que les Littell me laissent venir travailler avec le petit, et je ne pourrai plus prendre de cours...

Jonah aurait voulu avoir une solution, mais il savait qu'elle avait raison.

— Et le pire, c'est que tout le monde en ville va parler de ce qu'il s'est passé. Je me fiche de ce qu'ils diront de moi, mais je déteste penser à ce que ce petit enfant va subir en grandissant sans père et sans porter son nom.

Elle porta une main à son ventre, qui était encore plat, mais Jonah savait que ça ne durerait pas.

— Tu sais comme les gosses sont cruels, ajouta-t-elle tristement.

— Pas juste les gosses, ajouta Jonah. On fait une sacrée paire, pas vrai ?

— On avait de grands rêves, dit Caylee en soupirant. Et au lieu d'arriver à fuir Oktaha, je me retrouve coincée ici comme mère célibataire, et tu reviens avec le cœur brisé. On va bien ensemble.

— Personne n'est plus parfait que nous le sommes l'un pour l'autre.

Jonah se tut soudainement alors qu'une idée le prenait. Ça ne ferait rien pour son cœur brisé, mais ça pourrait régler les problèmes de Caylee.

— Je connais ce regard, Jo-Jo. Qu'est-ce que tu es en train de préparer ?

— Caylee, dit-il avec sérieux. Veux-tu m'épouser ?

Chapitre vingt

— **T'ÉPOUSER ?**

Caylee ne lui rit pas au visage, mais ce n'était pas loin.

— Jonah, avant toute chose, tu es gay, tu te souviens ? Et ensuite, tu es amoureux d'un autre.

— Quelqu'un qui ne m'aimera jamais en retour.

Ce n'était pas facile à dire, mais il devait affronter la réalité.

— Penses-y, Cay. Tu es ma meilleure amie. Il n'y a qu'une seule autre personne avec laquelle je pourrais songer à passer ma vie, et puisque ça n'arrivera pas, pourquoi je ne la passerais pas avec toi ?

— Parce que tu ne veux pas te marier ?

— Mais ça résoudrait tellement de problèmes.

Jonah prit les mains de Caylee.

— Tu pourrais venir vivre avec moi à la ferme, comme ça tu n'aurais plus à payer de loyer. Tu sais que ma mère voulait qu'on soit ensemble plus que tout au monde. Je suis sûr qu'elle serait ravie de prendre soin du bébé pendant que tu travailleras ou seras en cours, alors tu n'aurais pas à payer la garderie. Je peux trouver un autre travail, dans une société de transport routier ou autre chose, et je pourrai continuer d'essayer de passer mon diplôme à temps partiel.

— Et ton travail à Dallas ?

Jonah refusait d'y penser.

— Je vais poser ma démission. Ça serait trop gênant de rester là, de toute façon.

Et trop douloureux.

— Tu dis ça comme si c'était facile, dit Caylee. Mais tu renoncerais à trop de choses pour moi, Jo-Jo, et que gagnerais-tu en retour, à part une femme dont tu ne veux pas et le bébé d'un autre ?

— C'est *ton* bébé, Cay, insista Jonah. Tu me donnerais une chose que je n'aurais jamais cru possible d'avoir dans ma vie. Et de cette manière, il ou elle n'aura pas à grandir sans père. Je serais fier de lui donner mon nom.

Même si personne en ville ne croirait que le bébé était de lui, il ne pensait pas que qui que ce soit serait assez insensible pour le leur dire en face.

— Et si tu trouves plus tard quelqu'un qui t'aime de la manière dont tu mérites d'être aimée, quelqu'un avec qui tu veux passer le reste de ta vie… je ne me mettrai pas sur ton chemin.

Caylee leva les mains sur ses joues.

— Pareil pour toi, Jo-Jo… *si* je décide d'accepter ton offre ô combien flatteuse.

Il n'y aurait personne d'autre, Jonah le savait, mais ça ne valait pas la peine de le dire.

— Comme si j'allais rencontrer quelqu'un ici à Oktaha. On ne va pas renoncer à nos rêves, Cay, mais juste les mettre en pause pour quelque temps. On partira d'ici un jour, et ensemble, cette fois.

— Peut-être que tu devrais parler avec Linc avant que je dise oui, dit Caylee. Il n'a pas essayé de t'appeler depuis que tu es parti ?

— Humm…

Jonah fronça les sourcils. Il avait tenté d'éviter de penser à devoir à nouveau faire face à Linc.

— Je ne sais pas vraiment. Je crois que j'ai mis mon téléphone dans mon sac quand j'ai pris mes affaires.

Ou quand il avait jeté tout ce qu'il trouvait dans le sac. Il aurait de la chance s'il avait apporté le téléphone. La dernière chose qu'il avait voulue, c'était de devoir parler avec qui que ce soit en chemin.

Caylee lui donna un coup sur le côté de la tête.

— Va vérifier, Einstein.

— J'espère que le bébé n'héritera pas de tes coups vicieux, marmonna Jonah en se dirigeant vers la porte.

Plutôt que de fouiller dans la camionnette, il apporta son sac à l'intérieur et versa son contenu sur la causeuse. Le portable rebondit sur le coussin et tomba au sol. Il le récupéra et appuya sur le bouton pour allumer l'écran. Rien n'arriva. Il pressa le bouton pour l'allumer, histoire d'être certain de ne pas l'avoir éteint par erreur. Rien.

— La batterie est vide.

— Eh bien, recharge-le.

Jonah fouilla dans la pile de vêtements.

— Hum, je n'ai pas pris le chargeur. Je peux prendre le tien ?

— Tu pourrais, mais ça n'aiderait pas du tout. Tu as un iPhone. J'ai un Android.

Elle sourit.

— Ce n'est pas le bon type de trou.

Il lui tira la langue. Voilà pourquoi il avait eu besoin de voir Caylee. C'était peut-être de l'humour immature, mais elle arrivait à le faire sourire.

— J'imagine que mes parents n'ont pas acheté d'iPhone durant les deux dernières semaines ?

— Tu connais ta mère. « Que ferais-je d'un téléphone portable ? On ne va nulle part en dehors de la ville. Et si je dois appeler quelqu'un, le téléphone fixe fonctionne parfaitement ».

— Eh bien d'accord.

Jonah jeta le portable dans son sac et rangea ses vêtements par-dessus.

— Si quelqu'un a essayé de m'appeler, j'imagine que je ne devais pas le voir.

Une partie de lui se demanda si Linc avait tenté de le contacter après son départ – après sa fuite, pour être honnête –, mais la plus grande partie de lui ne se laissait pas aller à espérer vainement.

Caylee fronça les sourcils.

— Je pense quand même que tu devrais l'appeler.

— Ça ne changerait rien, Cay, mais je l'appellerai de chez mes parents.

Il n'ajouta pas qu'il appellerait au bureau et laisserait un message sur le répondeur pour dire qu'il ne reviendrait pas travailler. Ce n'était pas comme s'il connaissait le numéro de portable de Linc, de toute façon. En fait, il était presque certain que Linc ne connaissait pas son numéro non plus. Il se souvenait l'avoir mis sur sa fiche d'employé comme numéro de contact d'urgence, mais il ne pensait pas vraiment que Linc irait au bureau un dimanche pour le récupérer ? S'il avait de la chance, Linc ferait comme d'habitude et ne viendrait pas avant mercredi, et il ne saurait même pas que Jonah était absent avant ça.

— Tu as intérêt, insista Caylee.

— Parole de Scout.

Jonah leva trois doigts.

— Alors qu'en dis-tu, Cay ? Allons-nous nous marier ?

— Je ne devrais même pas y songer.

Elle soupira.

— Je ne dis pas oui, mais je ne dis pas non non plus. Va chez tes parents et dors. Je te demande de vraiment y réfléchir, Jonah. Nous en sommes tous les deux là parce que nous avons agi sous le feu de l'action. C'est trop important pour refaire la même erreur. Si tu en as toujours envie demain matin, appelle-moi.

— Je ne changerai pas d'avis, Cay.

— Alors appelle-moi quand tu te réveilleras. Je serai là, à vomir mon petit déjeuner avant d'aller travailler.

Jonah se leva et la prit dans ses bras.

— Je t'aime, Caylee Lynch.

— Tu sais que je t'aime aussi, Jonah. Je veux juste être certaine que nous faisons ce qu'il faut faire.

Il baissa la tête et l'embrassa tendrement. Il ne se permit pas de comparer ça aux baisers qu'il avait échangés avec Linc.

Elle se pressa un instant à lui avant de se redresser.

— Rentre et dors.

— Je t'appelle demain.

SA mère mettait le dîner sur la table quand il entra dans la cuisine. Elle était si surprise de son arrivée qu'elle manqua faire tomber son plat de poulet rôti.

— Jonah ! On ne s'attendait pas à te revoir si tôt. Tout va bien ?

Une fois qu'elle eut posé le plat, il la prit dans ses bras et fit un signe de la tête à son père, déjà assis en tête de table. Il allait répondre automatiquement qu'il allait bien, mais bien entendu, ce n'était pas le cas. Réalisant qu'il aurait vraiment dû réfléchir à ce qu'il voulait leur dire avant de venir ici, il raconta une version courte de la vérité.

— J'ai décidé que Dallas n'était pas fait pour moi.

Pas pour les raisons auxquelles ses parents auraient pensé, mais il n'allait pas l'admettre.

— J'ai décidé de revenir à Oktaha.

— Oh, j'en suis si heureuse !

Sa mère rayonnait, en face de lui à table.

— Assieds-toi et laisse-moi sortir une autre assiette. Il y a bien assez à manger.

Puisqu'elle cuisinait toujours deux fois plus que ce qu'ils étaient capables de manger en un seul repas, il n'en doutait pas.

— Je vais la chercher, maman. Je me souviens encore où se trouvent les choses.

Il prit une assiette et des couverts et s'installa à côté de son père. Une fois qu'ils se furent tous servis, sa mère lui sourit et reprit :

— J'espère que tu as décidé ça grâce au dîner d'anniversaire avec Caylee. Je savais que Dallas ne pouvait rivaliser avec ce qui t'attend ici, à la maison.

Caylee n'avait pas du tout attendu son retour en trépignant, et lui non plus, mais il était plus facile de laisser sa mère croire ça que d'expliquer la réalité.

— Je suis passé la voir avant de venir.

Après une inspiration, il ajouta :

— Je lui ai demandé de m'épouser.

— Oh, Jonah !

Elle se leva d'un bond et contourna la table pour le serrer dans ses bras.

— C'est une merveilleuse nouvelle ! Pas vrai, Ben ?

Le père de Jonah haussa un sourcil.

— Elle a dit oui ?

— Pas encore, admit Jonah. Elle veut qu'on y réfléchisse cette nuit, mais j'espère qu'elle acceptera.

— Et pourquoi n'accepterait-elle pas ? demanda sa mère. C'était le vœu de sa tendre mère. Et Caylee ne pourrait trouver meilleur homme que toi dans tout l'Oklahoma.

C'était faux sur bien des niveaux, mais le nier ne servirait à rien.

— Si elle dit oui, j'aimerais qu'elle vienne vivre à la ferme, au moins pour commencer.

— Eh bien, bien sûr que vous pouvez vivre tous les deux ici ! Ton père aurait bien besoin d'aide, et je peux apprendre à Caylee tout ce qu'il faut savoir pour tenir une maison, ce que sa pauvre mère n'a pas eu l'occasion de faire avant de partir.

Son père fronça les sourcils, mais même si ce dernier pouvait détester le sous-entendu comme quoi il ne s'en sortait pas seul, Jonah savait qu'il en avait besoin. Au moins jusqu'à ce qu'ils puissent remplacer certains des vieux équipements pour des choses plus modernes et automatisés.

— Il y a autre chose, ajouta-t-il après quelque temps.

C'était le secret de Caylee, mais même si elle refusait de l'épouser, ce ne serait plus un secret bien longtemps, et même s'il savait que sa mère serait ravie de la nouvelle, il avait besoin d'en être sûr avant de proposer ses services.

— Caylee va avoir un bébé.

Sa mère porta les mains à ses lèvres, comme si elle essayait de retenir un cri de joie.

— Oh, Jonah ! Je savais que ces balivernes sur le fait d'aimer les hommes étaient une phase que tu traversais ! Quoique je ne devrais pas approuver l'intimité avant le mariage, mais c'est une telle nouvelle fabuleuse que je te pardonne. Tu as entendu, Ben ? On va être grands parents !

L'expression sur le visage de son père était moins extatique, et Jonah se sentit coupable de les trahir, mais vu qu'il avait l'entière intention d'élever le bébé de Caylee comme le sien, il ne voyait rien de bon à dire la vérité. Une fois le bébé né, ils pourraient l'aimer pour ce qu'il était, et il serait plus facile pour eux d'accepter la situation.

Il espérait.

— Ça ne te dérangera pas de garder parfois le bébé, pas vrai, maman ? demanda-t-il à la place. Caylee et moi voudrions retourner à l'université, au moins à temps partiel, et comme ça on n'aurait pas à chercher une garderie.

— Comme si j'allais laisser un étranger surveiller mon petit-enfant.

Sa mère tendit la main vers lui sur la table.

— Je suis si heureuse pour toi, Jonah. J'ai toujours su que Caylee et toi étiez faits l'un pour l'autre.

Son père plissa le regard, mais ne dit rien.

APRÈS le souper, Jonah aida sa mère à nettoyer la cuisine et l'écouta parler des plans pour le mariage et de préparer une chambre pour le bébé et de chercher son ancien berceau dans le grenier, jusqu'à ce qu'il soit forcé de lui rappeler que Caylee n'avait pas encore dit oui.

— Comme si elle allait dire non !

Elle pendit son torchon et se tourna pour prendre le visage de son fils entre ses mains.

— Je savais que Dieu écouterait mes prières quand Il le pourrait.

La culpabilité tordit les entrailles de Jonah.

— Maman…

— Ton père et moi allons nous préparer à aller au lit. L'aube arrive de plus en plus tôt chaque matin. Mais reste debout aussi longtemps que tu le voudras. Éteins juste les lumières avant d'aller au lit.

Elle lui embrassa la joue.

— Tu nous as rendus tellement heureux.

Après que ses parents furent montés, Jonah prit son sac dans sa camionnette, puis se mit à regarder le vieux téléphone fixe beige accroché au mur de la cuisine. Il donnerait tout ce qu'il possédait pour ne pas avoir à passer ce coup de fil, mais il le devait bien à Linc, au moins ça.

Il prit le combiné et composa le numéro de mémoire, écoutant le cliquetis chaque fois que le numéro était composé. Quand la voix enregistrée de Linc annonça qu'il était au bureau du Ranch

Courtwright et ne pouvait répondre à son appel pour le moment, il faillit raccrocher, mais il se força à déglutir et à attendre le bip.

— C'est Jonah Hollis.

Idiot, se réprimanda-t-il. Linc connaissait son nom de famille.

— J'appelle pour dire que je… que je ne reviendrai pas au bureau. Je suis désolé de ne pas avoir prévenu, mais…

Quelle raison pouvait-il bien donner ? *Mais je t'aime trop pour revenir travailler ?* Il déglutit à nouveau et força les paroles à sortir.

— J'espère que tu trouveras quelqu'un pour me remplacer rapidement. Merci pour… pour tout.

Sa voix se brisa et il raccrocha, incapable de dire autre chose.

Il prit son sac et monta rapidement l'escalier vers sa chambre, sachant déjà qu'il n'allait pas réussir à dormir.

Chapitre vingt et un

COMME il s'y attendait, Jonah ne dormit pas beaucoup. Les quelques fois où il somnola, ses rêves étaient remplis de souvenirs de sa nuit avec Linc, ce qui était encore pire. Fidèle à sa parole envers Caylee, il passa la matinée à repenser à sa proposition. C'était toujours la meilleure option qu'il voyait, la seule qui offrait un résultat positif. Retourner à Dallas, tenter de reprendre le travail comme si rien ne s'était passé, ce n'était même pas une option. Linc le laisserait peut-être garder son emploi, mais Jonah ne pouvait supporter l'idée de redevenir un simple employé, de devoir regarder Linc avec quelqu'un d'autre, de commander des fleurs et des bijoux pour celle qui le remplacerait. Non, pas le remplacer, parce que cela aurait impliqué qu'il ait eu la moindre signification pour Linc, et qu'il n'avait pas juste été un pied de nez à Melissa, un coup d'un soir. Au moins, épouser Caylee rendrait la situation de la jeune femme plus agréable, et il pourrait être heureux en vivant avec sa meilleure amie et en l'aidant à élever son bébé.

Dès que les premiers rayons de soleil taquinèrent la fenêtre de sa chambre, il se leva, prit une douche, se lava les dents, puis mit un jean, une chemise en jean et ses vieilles bottes. Il se força à ne pas penser à la dernière fois où il les avait portées – à Broken Spoke – et descendit retrouver ses parents, déjà dans la cuisine.

— Il y a des œufs brouillés, des toasts et de la marmelade maison, annonça sa mère en déposant des assiettes chargées de nourriture. Pas de bacon. Ton père fait attention à son cholestérol.

Le père de Jonah fronça les sourcils.

— Elle a fait du bacon de volaille une fois. Ça avait un goût de semelle.

— Tu devrais tester la frittata espagnole sans viande que fait mon colocataire, Wes, pour notre ami Sammy. Tu ne devinerais jamais qu'il n'y a pas de saucisse…

Il réalisa tout à coup à quel point Wes, Sammy et Aidan lui manqueraient et les mots moururent dans sa gorge. Il devait appeler Wes, après l'avoir laissé comme ça sans explication. Il devrait retourner à Dallas dans une semaine environ pour récupérer le reste de ses affaires et donner un chèque à Wes pour couvrir quelques mois de loyer. C'était le moins qu'il puisse faire pour compenser son départ aussi rapide. Cela lui prendrait une grosse partie de ses économies, mais une fois qu'il aurait trouvé du travail à Oktaha, il pourrait en faire d'autres. Il avait reçu un nouveau chèque de Courtwright Ranching, heureusement celui-ci était directement déposé sur son compte en banque, alors il n'aurait pas à aller le récupérer au bureau ou trouver une solution pour qu'il lui soit envoyé par courrier.

Ils terminèrent de manger en silence. Le père de Jonah se leva et embrassa sa mère sur la tête.

— Je vais à la grange. Jonah, j'apprécierais de l'aide quand tu auras fini.

Jonah hocha la tête puis aida sa mère à débarrasser. Il sécha et rangea la vaisselle qu'elle lavait, puis il s'excusa pour aller appeler Caylee.

Le cordon du combiné était assez long pour s'étirer jusqu'à la pièce d'à côté, alors il composa son numéro et partit dans le petit salon pour avoir un peu d'intimité. Quand le téléphone sonna huit fois sans réponse, il commença à s'inquiéter, pensant que Caylee n'avait pas plaisanté en parlant de ses nausées matinales. Il retourna dans la cuisine, où sa mère sortait des ingrédients des placards pour cuisiner il ignorait quoi.

— Si tu essaies d'appeler Caylee, elle est probablement déjà au café-restaurant. Elle a commencé à six heures. Il y a un mot aimanté au frigo avec le numéro.

— Merci, maman.

Jonah appela à nouveau, mais ne quitta pas la cuisine cette fois. Il n'avait jamais pu cacher quoi que ce soit à sa mère pendant trop longtemps. Ce n'était pas la peine d'essayer maintenant.

— Café-restaurant d'Oktaha.

La voix appartenait à Deanna Littell, propriétaire du café avec son mari, Russ, qui faisait la plupart des repas.

— Madame Littell, pourrais-je parler à Caylee ?

— C'est toi, Jonah Hollis ? J'ai entendu dire que tu étais revenu en ville il y a quelques semaines. Passe par le café quand j'y serai cette fois, compris ? Attends, je te passe Caylee.

Deanna cria « Caylee ! Jonah pour toi au téléphone ! » si clairement à travers la ligne qu'il se doutait que toute personne prenant son petit déjeuner était au courant que c'était lui. Oh, eh bien, ils le sauraient bien assez tôt.

— Tu as un peu dormi, Jo-Jo ?

Caylee semblait fatiguée et Jonah se demanda si elle avait bien dormi.

— Un peu. Et toi ?

— Suffisamment. Tu l'as appelé ?

— J'ai laissé un message.

Jonah baissa la voix. Il préférerait que sa mère ne demande pas de qui il parlait.

— Il n'a pas rappelé.

— Tu ne pourras pas le savoir à moins que ton téléphone se recharge miraculeusement tout seul. J'imagine que tu n'as pas donné le numéro de tes parents, pas vrai ?

Il adorait Caylee, mais elle était parfois vraiment agaçante.

— Je t'ai dit que j'y réfléchirais, et je l'ai fait. Je n'ai pas changé d'avis. S'il te plaît, accepte, Caylee.

L'autre bout de la ligne était si silencieux qu'il pouvait entendre les cliquetis des couverts contre les assiettes. Finalement, Caylee répondit :

— Oui. J'accepte de t'épouser.

Il y eut un cri de joie dans le restaurant, rapidement tu.

— Tu ne le regretteras pas, Caylee, je te le promets. Je viendrai te chercher après le travail pour qu'on organise ça.

— Je peux venir seule. Dis à ta mère que j'apporterai de ces steaks Salisbury que ton père aime tant.

— Je le ferai. Je t'aime, Caylee. À tout à l'heure.

Il raccrocha et se tourna vers sa mère, qui le regardait d'un air interrogateur de là où elle était.

— Eh bien ?

— Elle a dit oui.

— Je le savais ! Oh, Jonah, tu nous rends tellement heureux !

Elle le tira dans ses bras et lui embrassa la joue.

— Va annoncer la bonne nouvelle à ton père. Il ne viendra pas pour le demander, mais je sais qu'il a besoin de ton aide.

Quand il entra dans la grange, son père leva le regard de la moissonneuse-lieuse sur laquelle il travaillait, pas aussi interrogateur que sa mère l'avait été.

— Tu es certain de vouloir faire ça, fils ?

Son père n'avait jamais vraiment été très démonstratif, mais Jonah s'était attendu à ce qu'il soit au moins heureux d'entendre la nouvelle, et pas qu'il se poserait des questions.

— Je fais ce que vous avez toujours attendu de moi.

— Ce que ta mère a toujours voulu. Elle est si excitée de savoir pour le bébé qu'elle ne pense à rien d'autre.

Son père essuya ses mains sur un torchon et contourna la moissonneuse-lieuse.

— Tout ce que je voulais, c'était que tu deviennes un homme bien, et de ce que je vois, c'est le cas. Je ne peux pas dire que je comprends tes préférences, mais il me semble qu'essayer de devenir quelqu'un que tu n'es pas ne fera de bien à personne.

Jonah était si choqué qu'il ne savait pas quoi répondre. C'était déjà plus que ce que son père lui offrait en général en une semaine de conversation. Il avait toujours pensé que son père partageait les sentiments de sa mère. Il aurait dû savoir que non.

Son père lui frappa l'épaule.

— Assure-toi simplement de faire le bon choix. Je vais aller jeter un coup d'œil au champ à l'ouest. Essaie de voir si tu peux faire fonctionner cette machine, veux-tu ?

Après le départ de son père, Jonah rassembla quelques outils et s'attaqua au moteur de la moissonneuse. Il avait passé tant de temps dans cette grange étant adolescent, à s'imaginer être Luke Skywalker qui réparait un évaporateur d'humidité et rêvait qu'une aventure le tire de son existence dans ce trou paumé. Mais pour paraphraser un autre héros de son enfance, sa propre aventure s'était révélée quelque peu différente. Il ne semblait pas probable qu'il puisse espérer meilleure fin.

APRÈS le déjeuner, il avait réussi à faire tourner la foreuse de la moissonneuse-lieuse et testait la pression du moulinet-rabatteur quand sa mère entra dans la grange.

— Jonah, Caylee au téléphone pour toi.

— Quelque chose ne va pas ?

Il n'arrivait pas à imaginer pourquoi Caylee l'aurait rappelé si tôt. Elle n'avait quand même pas changé d'avis ?

— Je ne pense pas, mais elle n'a rien dit.

Il suivit sa mère dans la maison et prit le combiné.

— Cay ? Il y a un souci ?

La voix de Caylee était basse, mais il y avait un sentiment d'urgence.

— Il est ici !

— Qui est ici ?

— Ton patron ! Monsieur Courtwright !

Le souffle de Jonah se coinça dans sa gorge. Que faisait Linc à Oktaha ? Il ressentit une étincelle d'espoir à l'idée qu'il le cherche, mais il la ravala avec force. Malgré tout, que faisait-il ici sans ça ?

— Qu'a-t-il dit ?

— Il est entré et a commandé un thé glacé, puis il a demandé si quelqu'un savait où trouver la ferme des Hollis. J'ai tout de suite deviné qui il était – et pourquoi tu ne m'as pas dit à quel point il est beau ? –, mais avant que je puisse dire quoi que ce soit, Deanna a répondu que bien sûr je le savais, puisque j'étais ta fiancée ! Jonah, je n'ai jamais vu personne d'aussi choqué de ma vie ! Il m'a fixée du regard et j'ai dit que je devais aller chercher une commande juste pour me cacher dans les cuisines. Je le sens mal, Jo-Jo. Que veux-tu que je lui dise ?

Ce que Jonah voulait, c'était que rien de tout ça ne se soit jamais produit, mais il n'avait pas le choix. La dernière chose qu'il voulait, c'était de voir Linc – il avait fui Dallas aussi vite que possible pour l'éviter –, mais il semblait qu'il ne pourrait pas éviter cette confrontation, et ce n'était pas juste de mettre Caylee au milieu.

— Va lui dire comment venir ici. J'écouterai ce qu'il a à me dire.

— OK, mais il a l'air très contrarié. Je vais voir si je peux le convaincre de commander à manger et le calmer un peu d'abord, d'accord ? Je lui proposerai de le conduire moi-même, mais j'ai encore deux heures à travailler, et je ne sais pas si je peux le garder ici aussi longtemps.

— Non, c'est rien. Merci de m'avoir prévenu, Cay. Je t'aime.

— Je t'aime aussi.

Jonah raccrocha.

— Maman, un homme va arriver ici bientôt. Mon patron à Dallas, Monsieur Courtwright. Tu pourras l'envoyer à la grange quand il sera là ?

Il ne savait pas pourquoi Linc voulait le voir, mais, quelle que soit la raison, il ne voulait pas avoir cette conversation devant sa mère.

— La grange ? On ne reçoit pas des invités dans la grange ! Tu viendras à la maison et tu lui parleras dans le salon comme une personne civilisée.

Jonah réfléchit à toute allure.

— Ce n'est rien, maman. Il a un ranch – tu te souviens, je t'ai dit qu'il possédait une grande exploitation du nom de Broken Spoke ? Il cherche des nouvelles sources de nourriture pour ses vaches, et je lui ai parlé de la ferme.

Ce n'est techniquement pas un mensonge, dit-il à sa conscience qui grommelait.

— Alors il devrait parler à ton père.

— Il travaille sur le champ à l'ouest. Je ferai visiter Linc et je le conduirai rencontrer papa.

Il pouvait sentir que son sens de l'étiquette n'était pas apaisé, mais il arriva à la faire accepter d'envoyer Linc à la grange dès son arrivée.

— Mais je vais quand même lui offrir un café ou un thé avant que tu le conduises se balader Dieu sait où, si ça ne te dérange pas.

Il ne trouvait aucune objection à ça, à part *Quelque chose me dit que je ne veux pas que tu lui parles*, alors il accepta et retourna se battre avec la moissonneuse-lieuse.

Caylee avait dû convaincre Linc de manger quelque chose, parce que ce ne fut qu'une heure plus tard que Jonah entendit un véhicule se garer devant la maison. Il espérait que Linc ne l'avait pas bombardée de questions, parce qu'il était impossible de savoir ce que Caylee avait pu répondre.

Ses nerfs se tendirent d'anticipation, et il sembla passer une heure avant qu'il n'entende la moustiquaire de la maison claquer, bien qu'en réalité il n'avait dû se passer que dix ou quinze minutes. Une ombre obscurcit la lumière à travers les portes de la grange, et Jonah leva les yeux sur Linc qui se tenait là, avec le soleil qui transformait ses cheveux en un halo doré.

—Alors, dit Linc d'une voix glaciale. Ta mère m'a dit que des félicitations sont de rigueur.

Chapitre vingt-deux

JONAH n'avait jamais entendu Linc être aussi froid, pas même quand Eloise le harcelait au sujet de Melissa. Au temps pour son idée que Linc était peut-être venu pour le ramener à Dallas. À en juger par sa voix, Linc était à un cheveu de la fureur. Mais Jonah ne comprenait pas pourquoi. Après une journée, il réalisait que partir sans rien dire avait été immature et malpoli, mais Linc ne pouvait pas avoir conduit près de quatre heures juste pour venir l'humilier publiquement. Alors *pourquoi* était-il là ? Jonah dut s'éclaircit la gorge pour être certain d'arriver à parler.

— Que fais-tu ici ?

Il fut heureux de voir que sa voix ne tremblait pas trop.

Linc plongea la main dans la poche de son jean et
Jonah leva rapidement le regard avant que son patron
ne remarque qu'il l'observait.

— Tu as laissé ça sur la table de nuit avant de partir.

Il sortit la montre qu'il avait donnée à Jonah
quand celui-ci avait accepté de l'accompagner au Bal
des Barons du Bétail. Jonah était parti dans une telle
panique, il n'avait pas réalisé qu'il l'avait oubliée.

Il tendit la main et Linc la lâcha comme s'il
craignait le contact avec sa peau.

— Après avoir entendu les méchancetés qu'Eloise
a dû te raconter, je n'étais pas certain si tu l'avais
oubliée ou si tu l'avais laissée pour me transmettre un
message.

— Comment tu as su… ?

La gorge de Jonah se serra et il se tut, serrant la
montre avec force jusqu'à enfoncer les bords dans
sa peau.

— Quand je suis sorti de la salle de bain et que
tu avais disparu, la première chose que j'ai faite,
c'est vérifier le téléphone pour voir si tu avais appelé
quelqu'un pour qu'on vienne te chercher. Mais il n'y
avait rien, alors j'ai regardé les identifiants d'appels et
j'ai vu le numéro du ranch, l'appel avait duré un bon
moment. J'ai pu deviner ce qu'Eloise a pu te raconter,
et elle a été plus qu'heureuse de m'informer du reste
quand je l'ai rappelée.

Jonah savait qu'il devait une explication à Linc,
mais il ne pouvait plus bouger, plus parler, comme s'il
était figé sur place sous le ton glacial de Linc.

— J'ai attendu de voir si tu allais revenir, je me
suis dit que tu avais peut-être besoin de temps pour
réfléchir. Après une heure, j'en ai eu assez. Le concierge
a dit qu'il n'avait pas appelé de taxi pour toi, alors j'ai

conduit autour du quartier pour voir si je te trouvais, mais ça n'a pas fonctionné. Je suis donc allé chez toi, mais ton colocataire n'a d'abord rien voulu me dire. Je ne sais pas ce qu'il a cru que je t'avais fait, mais quand j'ai finalement réussi à le convaincre, il m'a dit que tu étais rentré, mais qu'il ne savait pas quand tu reviendrais.

Linc passa une main dans ses cheveux.

— J'ai pensé que tu étais peut-être allé au bureau, mais il n'y avait aucun signe de toi. J'ai cherché ta fiche de contact et j'ai essayé d'appeler sur ton portable, mais je tombais sans arrêt sur le répondeur. J'ai essayé presque toute la nuit.

En regardant les cercles sombres autour de ses yeux, Jonah se demanda si Linc avait au moins un peu plus dormi que lui.

— J'ai pensé que tu serais au travail ce matin, mais tu n'es pas arrivé. Je me suis donc dit que tu étais peut-être venu ici.

— Je n'ai plus de batterie, se força Jonah à dire. Je n'ai pas mon chargeur. Mais j'ai laissé un message sur le répondeur du bureau.

Il mit la montre à son poignet et fit quelques mouvements des doigts pour relancer la circulation.

— Vraiment ?

Linc le regarda froidement.

— Je n'ai pas pensé à vérifier. J'ai réfléchi durant tout le trajet pour comprendre ce qui t'avait fait fuir et comment te convaincre de revenir.

Il secoua la tête.

— Tu aurais dû partir à Hollywood au lieu de l'Oklahoma, vu à quel point tu es bon acteur.

— Acteur ?

Jonah manqua s'étouffer, mais Linc continua comme s'il n'avait pas parlé.

— Et j'ai avalé tous tes mensonges comme un pauvre idiot. « Je n'ai jamais couché avec qui que ce soit avant ». Est-ce que ta *fiancée* et toi avez bien ri de la facilité avec laquelle je suis tombé dans le panneau ?

Linc réussit il ne savait comment à parler plus froidement encore.

— Jamais avec un homme… c'était ça aussi un mensonge ? Est-ce que tu étais prêt à faire n'importe quoi pour me mettre le grappin dessus ? « Je n'ai jamais voulu faire ça avec quelqu'un avant toi ». C'était là ton plus gros baratin, hein ? Et bon sang, j'y ai cru.

Jonah secoua la tête, luttant pour arriver à parler.

— Je n'ai pas….

— Et tu sais le plus marrant ?

Les mots de Linc étaient tranchants comme du verre.

— Tu t'es couché alors que tu avais la main gagnante. Si tu avais attendu un peu plus longtemps, tu aurais gagné la partie. Après avoir pris ma douche hier matin, j'allais à nouveau te faire l'amour, puis je t'aurais demandé de m'épouser. N'est-ce pas à hurler de rire ? Le ranch, le pétrole, le gaz, tu aurais pu tout avoir. Pourquoi tu ne ris pas ?

Il serra les poings le long de son corps, comme s'il craignait de tendre la main vers Jonah pour le frapper. Jonah était certain de le mériter.

— Tu as peut-être surestimé l'influence qu'Eloise a sur moi, ou peut-être que tu n'as tellement pas supporté ce qu'on a fait samedi que tu ne pouvais imaginer subir ça pour le reste de ta vie. J'imagine que ça n'a plus d'importance. Je te souhaite une bonne vie avec ta fiancée et ton bébé, Jonah.

Linc se tourna vers la porte et, sans son regard paralysant sur lui, Jonah put enfin bouger. Il attrapa le bras de Linc et le força à se retourner en l'empoignant par les biceps, puis il se força à croiser son regard noir.

— Tout ce que je t'ai raconté était vrai. Je sais de quoi ça a l'air, mais si tu me laissais t'expliquer…

— J'ai assez entendu de tes mensonges, merci.

Le ton de Linc était plus sec que la poussière sous leurs pieds, et Jonah savait que les paroles ne le convaincraient pas, alors il fit la seule chose à laquelle il put penser.

Il passa les mains sur le visage de Linc, attrapa les joues dans ses paumes et l'embrassa.

Linc tenta de s'écarter, mais Jonah puisa dans une réserve de force qu'il ignorait avoir et le maintint en place. Il mit tout ce qu'il avait dans ce baiser : son amour, son regret, ses excuses, son désir. Il retraça les contours des lèvres de Linc du bout de la langue jusqu'à ce qu'il les ouvre en grognant, puis il profita sans honte de cette opportunité pour glisser la langue entre ses lèvres. Quand celle de Linc rencontra la sienne, un éclair d'espoir se raviva et Jonah le serra plus près, penchant leurs têtes pour avoir un accès plus profond dans la bouche humide de Linc. *Écoute-moi*, le supplia-t-il en silence. *S'il te plaît, laisse-moi te dire la vérité.*

Quand il dut s'écarter du baiser avant que ses poumons n'explosent, Linc se pencha en avant pour capturer à nouveau ses lèvres.

— Le bébé de Caylee n'est pas de moi, réussit-il à dire entre plusieurs petits baisers doux.

— Ta mère a dit…

— Elle veut que ce soit vrai, alors on la laisse croire, mais…

Linc demanda à nouveau sa bouche et Jonah se laissa aller dans le baiser, trop heureux pour protester. Les explications pourraient attendre encore un peu, tant que Linc l'embrassait encore. Quand ce fut au tour de Linc de chercher l'air, Jonah reprit :

— Caylee a rompu avec son petit ami, un sale type homophobe, avant de découvrir qu'elle était enceinte. Quand j'ai cru qu'on… que c'était fini, marmonna-t-il, la voix brisée, j'ai pensé que l'épouser était la meilleure solution pour nous deux.

— Mais qu'est-ce qui t'a fait croire que c'était fini ?

La douleur de Linc était évidente, et Jonah se demanda comment il avait pu douter de ce qu'il y avait entre eux.

— Eloise a dit…

— Eloise nous a raconté un tas de conneries, dit Linc. Elle a tenté de me convaincre que tu étais juste une petite pute qui cherchait à toucher le gros lot, mais je ne pouvais pas la croire, jusqu'à ce que j'arrive ici et que tout semble concorder.

Il embrassa à nouveau Jonah, tendrement.

— Je suis désolé de l'avoir crue, même si peu de temps.

— Et je suis désolé d'être parti sans te parler avant. Ce n'était pas juste ce qu'Eloise a dit, admit Jonah en se sentant rougir. Je sais que je n'ai pas été comme tu l'espérais. Je ne savais pas ce que je devais faire et dès qu'on a fini, je me suis endormi.

Il tourna la tête, incapable d'affronter son regard.

— Je sais que je n'aurais pas dû fuir, mais je n'arrivais pas à te faire face après t'avoir déçu comme ça.

Linc prit son menton dans la main et lui fit tourner la tête pour croiser son regard.

— Si tu crois que tu m'as déçu, alors que Dieu me vienne en aide pour le moment où tu apprendras certaines choses, parce que tu vas me tuer.

— Mais tu as dû tout faire, dit Jonah quand il eut repris son souffle après le baiser de Linc.

— Mon cœur, si ça peut t'aider à te sentir mieux, tu pourras tout faire la prochaine fois, et la fois d'après, et celle d'encore après.

Linc lui fit un sourire taquin. Puis son expression devint plus sérieuse.

— Il y a quand même un problème. Tu es toujours fiancé à une autre.

La joie de Jonah disparut un peu.

— Caylee ne m'en voudra pas. Elle m'a fait promettre que si nous rencontrions quelqu'un d'autre, nous ne nous mettrions pas sur le chemin de l'autre.

Mais quand il avait fait cette promesse, il s'était attendu à ce que ce soit elle qui rencontre quelqu'un d'autre. Il ne lui semblait pas juste de trouver son bonheur et de la laisser avec tous les problèmes que leur mariage aurait dû résoudre.

— Sauf…

— Sauf ? répéta Linc avec prudence.

— Sauf que Caylee va devoir élever son bébé seule, dans une ville qui n'est pas vraiment connue pour accepter les… styles de vie alternatifs.

— Eh bien, c'est facile. Elle peut venir vivre au ranch avec nous. Si tu penses qu'elle le veut, bien sûr.

— Elle pourrait ?

Ça semblait être la solution idéale pour Jonah.

— J'adorerais l'avoir plus près, mais ça ne te dérange pas ?

— Pourquoi ça devrait ?

Linc se rapprocha un peu jusqu'à ce que Jonah soit appuyé contre la moissonneuse-lieuse, son patron entre ses cuisses.

— C'est ta meilleure amie, et j'adorerais apprendre à mieux la connaître. Il y a beaucoup de place au ranch, et personne ne se préoccupera de savoir qui est le père.

— Ils penseront peut-être qu'il est de moi, ou de toi, l'avertit Jonah.

— On saura la vérité, et on se fiche de ce que pensent les autres.

— Caylee va venir ici après son travail, alors on pourra lui en parler, dit Jonah, en se demandant si ça pouvait vraiment être aussi facile.

— Il y a autre chose que j'aimerais demander avant qu'elle arrive.

Linc plongea la main dans la poche de son jean et, proches comme ils l'étaient, Jonah pouvait sentir chaque passage de sa main réveiller toutes sortes de délicieuses sensations.

— Je me suis entraîné durant tout le trajet pour savoir comment le dire, mais tu m'as tellement décontenancé, je n'ai plus que du brouillard dans la tête. Alors je vais le dire simplement. Jonah Hollis, je t'aime et je ne peux pas imaginer une chose qui me ferait plus plaisir que de passer le reste de ma vie avec toi. Veux-tu m'épouser ?

Jonah eut l'impression que son cœur allait exploser dans sa poitrine.

— Je suis amoureux de toi depuis le jour où j'ai commencé à travailler pour toi. J'étais terrifié à l'idée que tu le découvres et me renvoies. Je n'ai même jamais rêvé que tu puisses partager mes sentiments. Oui, oui, je vais t'épouser.

Le baiser de Linc était lent et doux, mais la manière dont ils se pressaient l'un contre l'autre ne cachait en rien le fait qu'ils étaient tous les deux aussi excités l'un que l'autre.

— C'était la bague de mariage de mon père, dit-il quand Jonah le lâcha finalement. J'aime à penser qu'il aurait approuvé notre union une fois qu'il aurait appris à te connaître.

Il fit glisser la bague sur le doigt de Jonah, qui lui allait comme si elle avait été faite pour lui.

— Je crois que je vais prendre ça comme un signe.

Jonah tira Linc dans un nouveau baiser. Après les hauts et bas émotionnels de ces derniers jours, il arrivait à peine à croire que Linc était bien là, à l'embrasser, à l'aimer. Il glissa les bras dans le dos puissant de son fiancé, puis plus bas, pour le tirer à lui. Il le voulait. Jonah courba les hanches, se frotta contre lui, pendant que ce dernier rendait le baiser plus passionné encore. C'était si merveilleux…

— Jonah David Hollis !

La voix de sa mère tremblait sous le choc.

— Qu'est-ce qu'il se passe ici ?

Chapitre vingt-trois

JONAH s'écarta de ses lèvres et Linc fit un pas en arrière, se tournant légèrement pour voir la mère de son amant qui les fusillait du regard, mais il n'écarta pas ses bras pour autant. Ce qui n'était pas plus mal, parce que Jonah espérait honnêtement que le corps de son patron cache la preuve de leur excitation.

— Madame, dit Linc avec politesse. Votre fils vient de me faire l'honneur d'accepter ma demande en mariage.

La mère de Jonah planta les mains sur ses hanches.

— Il est déjà fiancé. À Caylee !

Elle fit signe vers la jeune femme qui approchait derrière elle.

Caylee articula un « désolée » silencieux à Jonah avant de poser une main sur l'épaule de sa mère.

— Jonah essayait de m'aider, madame Hollis. Le bébé n'est pas de lui, avoua-t-elle. Je suis désolée qu'on vous ait menti, mais je ne savais pas qu'il était à ce point amoureux de Monsieur Courtwright, sinon je n'aurais jamais accepté de l'épouser.

Elle contourna la femme stupéfaite pour venir tendre la main à Linc.

— Je suis Caylee Lynch, et je pense que je vous dois toutes mes excuses, Monsieur Courtwright. J'ai vraiment essayé de le convaincre de vous appeler avant, je le jure.

Linc écarta le bras de la taille de Jonah pour lui serrer la main.

— Il est un peu entêté, pas vrai ? Il va falloir y travailler. Et s'il te plaît, appelle-moi Linc, j'ai le sentiment que nous allons bien nous entendre.

— Mais vous… vous êtes comme lui ? demanda la mère de Jonah à Linc, apparemment abasourdie par l'idée même.

— Si par « comme lui », vous sous-entendez intelligent, travailleur, doté de principes et loyal, alors non, pas vraiment, mais j'y travaille, répondit Linc. Votre fils est un sacré exemple à suivre.

Émerveillé par la sincérité des paroles de Linc, Jonah porta un regard adorateur sur lui, mais fut sauvé de devoir lui répondre par le bruit du tracteur qui approchait de la grange.

— C'est ton père. On verra ce qu'il a à dire sur ça.

Elle se tourna alors que celui-ci entrait dans la grange et lui demanda :

— Dis à ton fils qu'il ne peut pas ruiner sa vie en acceptant ce… cet homme, plutôt que Caylee !

Linc fit un pas en avant – et Jonah fut heureux que la confrontation avec sa mère ait apaisé son érection – et tendit la main.

— Lincoln Courtwright, Monsieur, et j'ai l'intention d'épouser votre fils, puisqu'il l'a accepté.

— Ben Hollis.

Son père serra la main de Linc puis claqua l'épaule de Jonah.

— Heureux qu'il ait retrouvé ses esprits.

— Ben ! s'exclama sa mère.

— C'est légal maintenant, Mary, lui rappela-t-il.

— Ce n'est pas parce que c'est légal que c'est bien.

— Je n'ai jamais compris en quoi aimer quelqu'un serait mal.

Il passa un bras autour de sa femme et la dirigea vers la maison.

— Pourquoi restons-nous ici dans la grange ? Allons à l'intérieur pour apprendre à connaître cet homme.

— Parlez-moi de votre exploitation de foin, demanda Linc en rejoignant les parents de Jonah.

Il lança un regard par-dessus son épaule pour regarder Jonah, qui fit un signe de la tête vers Caylee, et Linc fit un clin d'œil.

— Je cherche toujours de nouveaux fournisseurs pour nourrir mes bêtes.

— C'est un charmeur, fit remarquer Caylee quand ils disparurent dans la maison. Il les fera manger dans sa main en un rien de temps.

— Ça ne te dérange vraiment pas ? demanda Jonah. Ça pourrait te rendre les choses plus difficiles.

— J'imagine que Deanna à prévenu la ville entière qu'on est fiancés, maintenant, dit Caylee en haussa les épaules. Ça leur donnera de quoi parler quand tu seras parti, jusqu'à ce qu'un nouveau scandale éclate.

— Ou tu pourrais venir avec nous, suggéra Jonah.

— Je suis sûre que Linc adorerait cette idée. Ramener ton ex-fiancée avec toi au Texas ? Cet homme est clairement fou de toi, Jo-Jo, mais je ne l'imagine pas accepter ça.

— C'est lui qui l'a proposé, en fait, lui assura-t-il. Il y a beaucoup de place au ranch, et comme ça je pourrai encore avoir ma place dans la vie du bébé.

Il prit la main de Caylee dans la sienne.

— Je n'ai pas réalisé à quel point je le voulais jusque là, quand j'ai songé à partir sans toi. Et si tu viens avec nous, tu n'auras pas à écouter qui que ce soit parler du bébé ou des fiançailles rompues ou je ne sais quoi.

— Et que suis-je censée faire dans son ranch ? demanda Caylee, bien que Jonah pouvait voir qu'elle réfléchissait à l'idée. Je ne suis pas une profiteuse ou une œuvre de charité. Je devrai trouver du travail, et j'ai toujours envie de retourner à l'université.

— Nous n'en avons pas encore parlé, mais il y a peut-être quelque chose que tu pourras faire au ranch de Linc ?

Caylee sembla sceptique, alors Jonah continua :

— Ou peut-être que tu pourras trouver un travail dans la ville d'à côté, ou même à Dallas.

— Ou peut-être que je pourrais rester ici, là où j'ai déjà du travail.

— Et un appartement où tu ne pourras peut-être pas rester, et une garderie à payer, et des gens qui parleront de toi derrière ton dos.

Jonah lui serra la main.

— Je n'avais aucune garantie quand je suis parti pour Dallas, et regarde comme les choses ont tourné. Parfois, il faut juste saisir l'occasion si tu veux changer les choses.

— Je ne sais pas, Jonah… Je devrais peut-être y réfléchir.

— J'ai peur que tu te convainques de refuser, dit Jonah. On a rêvé de ça depuis qu'on était gosses dans la cour de récré, Cay. Je ne veux pas avoir l'air méchant, mais qu'est-ce que tu as ici qui mérite que tu restes ? Maintenant que ta mère est partie, tes plus proches parents, ce sont les miens, et tu quitterais ton travail au café-restaurant, ce n'est pas une grande carrière. Je sais que c'est effrayant de partir en laissant tout derrière toi, mais je serai là pour toi.

Il la prit dans ses bras.

— J'ai dû quitter la ville sans toi une fois. Ne me demande pas de recommencer.

Caylee renifla et s'essuya les yeux.

— Fichues hormones. Tu ne me fais *pas* pleurer. Je crois que je peux essayer. Si je déteste, je peux toujours revenir.

— C'est merveilleux, Cay !

Jonah la souleva dans ses bras et la fit tourner.

— On peut plier tes valises et partir demain.

— Hum, Jonah, dit Caylee quand elle eut à nouveau les pieds au sol. Je ne veux pas briser ta bulle, mais où comptes-tu passer la nuit jusqu'à demain ?

Jonah perdit son sourire.

— Ici ? dit-il avec hésitation avant de secouer la tête. Tu as raison. Impossible que je ne dorme pas avec Linc ce soir, et je ne peux pas faire ça avec mes parents au bout du couloir.

— Et il n'y a pas la place pour vous chez moi.

— On va devoir partir ce soir, alors.

— Je m'arrêterai à Eazy Mart pour voir s'ils ont des cartons, comme ça je commencerai à faire mes valises.

Elle lui embrassa la joue.

— Va sauver ton fiancé, et viens me chercher quand tu seras prêt à partir.

— Tu ne le regretteras pas, Caylee.

Si elle avait autant de chance que lui en avait eue, Jonah savait qu'il disait vrai.

LINC n'avait peut-être pas réussi à amadouer les parents de Jonah quand il les rejoignit à l'intérieur, mais il semblait avoir réussi à séduire son père. Ils étaient tous les deux plongés dans une grande discussion sur les mérites de l'herbe fraîche et de la luzerne, et des meilleures proportions pour nourrir le bétail durant l'hiver. Sa mère triait des haricots du jardin, mais à la manière dont son front était plissé, Jonah savait qu'elle se ressassait encore son annonce.

— Caylee a rapporté des steaks Salisbury du café-restaurant. Tu peux éplucher quelques pommes de terre pour la purée, dit-elle à Jonah.

Il réalisa qu'être assise là à préparer un repas avec Linc représentait un grand pas pour elle, et il regretta de devoir lui refuser cette ouverture, mais pas au point de revoir ses projets pour la nuit.

— On ne peut pas rester pour dîner, maman. Linc et moi devons rentrer ce soir.

Linc leva un regard interrogatif sur lui, mais ne dit rien à voix haute.

— Oui, on a des affaires à régler qui ne peuvent attendre, dit son patron.

— Il faudra revenir bientôt pour nous parler de vos plans pour le mariage, alors, dit le père de Jonah quand Linc se leva pour lui serrer la main.

— Mais, et pour Caylee ? demanda sa mère avec inquiétude. Tout le monde en ville s'attend à ce que vous vous mariiez.

— Caylee vient avec nous, dit Jonah.

Linc hocha la tête pour confirmer, comme s'ils avaient décidé ça ensemble un peu plus tôt.

— Broken Spoke sera un endroit merveilleux pour que le bébé puisse grandir, continua Jonah.

— Je ne comprends pas, Ben, dit la mère de Jonah, semblant au bord des larmes. Si Caylee va avec eux, pourquoi ne pouvait-il pas l'épouser elle ?

— Allons, Mary. Vois ça comme si Caylee et Linc rejoignaient tous les deux la famille.

Jonah serra sa mère dans ses bras alors que son père lui tapotait l'épaule.

— Je vais lui parler, lui assurant Ben à voix basse pendant que Linc serrait la main de sa mère entre les siennes pour lui dire au revoir.

Jonah récupéra son sac avant que Linc et lui sortent dans le jardin.

— On doit partir ce soir ?

Linc se tourna vers Jonah pour poser la question.

— Sauf si tu préfères que je te fasse l'amour avec mes parents dans la chambre d'à côté, oui.

Linc le tira dans un rapide baiser.

— C'est la meilleure offre que j'ai entendue de toute ma vie, mon cœur. Allons-nous-en.

— Nous allons devoir aller chercher Caylee avant. Elle prépare ses valises.

— Je ne connais que le chemin vers le café-restaurant, alors je te suis.

CAYLEE avait déjà empaqueté la plupart de ses vêtements quand ils arrivèrent chez elle.

— C'est assez pathétique de voir le peu qui m'appartient véritablement, pas vrai ? demanda-t-elle en regardant la petite pile de cartons. La plupart des meubles appartiennent aux Belton, mais j'aimerais prendre le rocking-chair de ma mère, si l'un d'entre vous a la place dans sa camionnette.

— Vois ça comme l'occasion de repartir de zéro, lui dit Jonah. On pourra mettre tes affaires et la chaise sur la plate-forme de ma camionnette, et tu la conduiras, si ça ne te dérange pas.

Il voulait retourner au Texas recroquevillé contre Linc.

— Dans tes rêves. Je ne laisse pas ma voiture ici.

— Tu ne songes quand même pas à prendre cette poubelle ambulante pour tout le trajet jusqu'au Texas, pas vrai ?

Jonah regarda Linc pour avoir du soutien.

— C'est la Chevy Metro, ce tas de ferraille garé devant qui tient debout avec du chewing-gum et des élastiques. Arrête, Cay, le moteur va exploser avant que tu sortes de l'État.

— Comment penses-tu que je vais me déplacer au Texas sans ma voiture ? Et ne pense *même pas* à me dire que Linc m'en prendra une autre, ou tu peux laisser mes cartons ici et repartir à Dallas tout seul.

— Il ne sera pas tout seul, dit Linc avec un sourire. À vous écouter, je ne sais pas si je devrais être heureux ou triste de ne pas avoir de frères et sœurs.

Il passa la main dans ses cheveux.

— Mais on va devoir se suivre avec deux camionnettes et une voiture. Il est dix-sept heures passées, ce qui signifie qu'il sera vingt et une ou vingt-deux heures quand on arrivera à Dallas, et il y a encore quelques heures de route après ça pour arriver au ranch. Je n'aime pas beaucoup l'idée de vous faire chercher le chemin dans le noir, surtout s'il y a un risque avec la voiture. J'imagine qu'il n'y aurait pas un hôtel où on pourrait rester pour la nuit et partir au matin ?

Caylee et Jonah échangèrent un regard.

— L'hôtel le plus proche est à Muskogee, et c'est au nord, hors de notre chemin, dit Jonah en fronçant les sourcils. Il y a quelques chaînes d'hôtel à McAlester, à environ une heure au sud de la 69. On pourrait y aller et s'arrêter pour dîner et dormir, j'imagine.

Même s'il n'aimait pas l'idée de passer la nuit avec Linc chez ses parents, aller à l'hôtel n'était pas beaucoup plus tentant, mais pas plus que d'attendre plus de sept heures pour être ensemble. Ou même quatre, s'ils s'arrêtaient à Dallas, bien qu'il frissonnait à l'idée que Caylee ait à dormir sur le canapé chez Linc pendant qu'ils feraient l'amour dans la chambre, et c'était encore pire de penser à eux trois qui passeraient la nuit dans sa maison de ville et de devoir expliquer la situation à Wes, Sammy et Aidan. Non, trouver l'hôtel le plus proche était la meilleure solution.

— Mettons-nous en route, alors.

Linc se pencha vers Jonah pour lui murmurer à l'oreille :

— Plus vite on sera partis, plus vite on pourra s'arrêter.

— Si vous voulez bien m'aider à mettre les cartons sur la camionnette, j'irai dire aux Belton et aux Littell que je pars, dit Caylee en souriant. Tant que nous prenons deux chambres d'hôtel – et je crois que je leur demanderai de me mettre à un autre étage !

Chapitre vingt-quatre

IL était dix-huit heures passées quand ils quittèrent Oktaha. Leur petit convoi redescendit la nationale 69 vers le sud, Linc en tête, Caylee au centre et Jonah qui fermait la marche avec les affaires de Caylee sur sa plate-forme. La circulation était fluide, et ils avançaient bien, mais Jonah avait du mal à se concentrer sur la route.

Puisqu'il était le dernier, il devait suivre les phares de Caylee et laisser Linc et elle gérer leur allure, ce qui était une chance, parce que seul, il aurait probablement dépassé toutes les limitations de vitesse. Même l'heure de route jusqu'à McAlester était trop longue quand son esprit revenait sans cesse sur la sensation du corps de Linc contre le sien dans la grange et de leurs baisers. Il était déjà dur et cela rendait sa conduite inconfortable.

Tentant de repousser ses pensées, il se retrouva à imaginer tout ce que Linc et lui feraient une fois qu'ils auraient trouvé un hôtel et rejoint leur chambre. Il ne savait peut-être pas plus de choses qu'avant que Linc lui fasse l'amour, mais il avait l'exemple de son amant à suivre et Linc lui avait promis de le laisser faire ce qu'il voulait – et comme il en voulait, des choses !

Plus que jamais, Jonah regrettait d'avoir oublié son chargeur quand il était parti de Dallas. S'il ne pouvait rouler à côté de Linc, il aurait au moins voulu pouvoir lui parler au téléphone durant le trajet, et même s'il savait d'expérience comme la voix basse de Linc pouvait être excitante à elle seule. OK, ça ne l'aidait pas plus à apaiser son excitation. Il se déplaça sur son siège et tenta de se concentrer sur la route devant lui.

Quelques kilomètres avant McAlester, il commença à voir des panneaux qui annonçaient plusieurs chaînes d'hôtels. Bien qu'il présumait que Linc et Caylee les avaient également vus, il fit un appel de phare à Caylee, qui fit des appels de frein en retour. Jonah se fichait de savoir auquel ils allaient s'arrêter, tant qu'il y avait deux chambres de libres. Le soleil était presque couché quand ils arrivèrent en ville, et Linc quitta la route dès que l'occasion se présenta pour se garer sur le parking d'un Hampton Inn.

— Ça ira ? demanda-t-il quand ils furent garés côte à côte.

Le parking avait quelques voitures mais était loin d'être rempli, ce qui n'était pas surprenant après dix-neuf heures un lundi soir, et Jonah espéra alors qu'ils aient deux chambres sans souci.

Sans perdre de temps à répondre, il prit Linc par la main et le tira carrément en direction de l'entrée de l'hôtel. Caylee les suivit avec un grand sourire.

— On perd patience ? marmonna-t-elle avant que les portes en verre s'ouvrent.

Jonah lui sourit en retour.

La personne à l'accueil les enregistra comme si c'était la chose la plus normale au monde, ce que Jonah supposait être le cas pour elle. Elle ne remarquait de toute évidence pas son impatience grandissante alors qu'elle préparait leurs clefs magnétiques et les leur donnait sur le comptoir.

— Merci, Madame.

Linc remit sa carte de crédit dans son porte-feuille et lui sourit.

— Où nous recommanderiez-vous de dîner ?

Quand elle lui sourit, Jonah résista à l'envie de glisser un bras autour de la taille de Linc pour lui faire savoir sans l'ombre d'un doute qu'il était déjà pris.

— Si vous voulez autre chose qu'un fast-food…

Linc hocha la tête et elle réfléchit un instant.

— Il y a un restaurant chinois et un italien en haut de la route, mais si vous voulez mon conseil, le meilleur restaurant de la ville est La Cabaña.

Elle sortit une carte de la ville et encercla l'endroit où ils se trouvaient, puis fit une croix quelques pâtés de maisons plus loin.

— Ce n'est rien de très chic, mais la nourriture est parfaite. Dites-leur que Lena vous envoie.

Elle sourit à nouveau, et cette fois Jonah prit la main de Linc et la remercia avant de retourner vers le parking.

— On se sent un peu possessif ? demanda Linc en haussant un sourcil sans pour autant lâcher sa main.

— Je m'accroche juste à ce qui est à moi, répondit Jonah alors que Linc ouvrait la portière conducteur de sa camionnette.

Jonah y monta avant que Linc puisse le faire et Caylee leva les yeux au ciel avant de monter côté passager.

— Je voulais être là durant tout le trajet, ajouta-t-il en se collant à Linc une fois sa ceinture attachée et le moteur démarré.

— Tu es sûr que tu veux l'avoir dans ta vie ? demanda Caylee avec un sourire. Il est bien difficile.

— J'imagine que je vais devoir apprendre à faire avec, répondit Linc en passant un bras autour des épaules de Jonah.

Le restaurant avait peut-être la meilleure nourriture mexicaine de l'État, mais Jonah n'avait pas envie de ses enchiladas. Linc prit une bière pour aller avec son guisado de puerco, alors que Caylee avait pris des flautas et du thé glacé. Le service était amical et – le plus important pour Jonah – rapide, alors ils furent de retour à l'hôtel avant vingt et une heures. Jonah prit son sac et celui de Caylee dans sa camionnette avant qu'ils rentrent. Puisque Linc n'avait pas prévu de passer la nuit, il n'avait rien avec lui. Lena était toujours à l'accueil quand ils entrèrent, alors ils parlèrent quelques minutes de leur dîner avant de lui souhaiter bonne nuit pour rejoindre l'ascenseur.

— Même étage, j'en ai peur, mais à quelques chambres d'écart, dit Linc en donnant sa clef à Caylee.

— J'ai des bouchons d'oreille, répondit-elle avec un sourire. Monsieur Belton ronfle si fort que je l'entends à travers les murs. Souvenez-vous juste que les gens à côté n'ont pas cette chance.

— On y pensera. Dors bien, et appelle-nous quand tu seras debout et prête à aller déjeuner.

— Vu comme je suis habituée à me lever aux aurores pour aller travailler, ça pourrait être trop tôt

pour vous. Ne vous inquiétez pas, je vous laisserai à
votre sommeil réparateur.

Elle serra Jonah dans ses bras.

— Bonne nuit, Jo-Jo.

Malgré ses taquineries, Jonah la serra en retour.

— Merci. Je t'aime, Cay.

— Je ferai attention à ce que je dis, vu que ton petit
ami est juste là, mais je t'aime aussi. Bonne nuit à vous.

Leur chambre était propre et spacieuse, mais la
seule chose dont Jonah se souciait, c'était de leur lit
king-size. Il jeta son sac au sol, ferma le verrou de la
porte et se tourna vers Linc, qui ouvrit les bras en signe
d'invitation.

Il le rejoignit et tira Linc dans un baiser.

— Est-ce que tu sais depuis combien de temps
j'attends ça ? demanda-t-il quand ils s'écartèrent pour
reprendre leur souffle.

— Depuis que ta mère et Caylee nous ont
interrompus, j'imagine, puisque j'attends depuis aussi
longtemps. Donc, que vas-tu faire pour ça ? J'ai promis
de te laisser tout faire cette fois, si je me souviens bien.

Si Linc pensait que cela ferait hésiter Jonah, il allait
réaliser qu'il se trompait. Jonah le repoussa doucement
jusqu'à ce qu'il soit assis au bord du lit.

— Déshabille-toi.

— Oh, non, répondit Linc en secouant la tête, un
sourire aux lèvres. Tout, ça veut dire tout.

— Bien.

Jonah retira ses bottes en s'aidant de ses pieds. Il
s'agenouilla ensuite pour retirer celles de Linc et jeta
les deux paires vers la porte. L'une d'entre elles la
frappa avec un bruit sourd.

— Déjà bruyant ?

Jonah se redressa pour faire taire le petit rire de Linc avec un baiser, couvrant ses lèvres des siennes, se penchant de plus en plus jusqu'à ce que Linc soit étendu sur le lit. Il passa alors les mains entre eux et défit les boutons de la chemise de Linc à tâtons, mais la position était inconfortable, alors il se redressa et lui fit signe.

— Remonte sur les coussins et couche-toi sur le dos.

Linc obéit rapidement, mais quand il tenta d'ouvrir sa chemise, Jonah fit un signe du doigt.

— Tout, tu te souviens ?

— C'est toi le patron.

Linc se recoucha avec un sourire suffisant.

Il s'était attendu à être au moins un peu nerveux, mais tout en admirant le corps de Linc, Jonah réalisa qu'il savait quoi faire. Il s'agenouilla au pied du lit et rampa en avant jusqu'à chevaucher ses hanches. Il se pencha et captura à nouveau ses lèvres, puis plaqua les mains de Linc au matelas quand il fit mine de le toucher.

— Reste là et laisse-moi t'aimer.

Le regard que Linc lui adressa était si plein de confiance, de désir et d'amour que Jonah dut à nouveau l'embrasser. Quand il retrouva sa contenance, il laissa ses lèvres naviguer sur le menton de Linc et jusqu'à sa gorge. Il put sentit la pomme d'Adam de son fiancé monter quand il déglutit et il ferma les lèvres autour de celle-ci pour la contourner avec sa langue. Linc poussa un petit gémissement et Jonah put sentit les vibrations contre ses lèvres. Un frisson le traversa et il se sentit durcir.

Il se mit à genoux, suivant les contours de la gorge de Linc. Il passa la langue dans le creux à la base de son cou, mais ne resta pas là, son torse couvert de poils était bien trop attirant. Il le regarda monter et descendre à chaque inspiration rapide de Linc, puis écarta les pans de sa chemise tout en cherchant ce qu'il allait explorer en premier lieu. Les tétons sombres qui pointaient sous les boucles fauves semblaient être un choix logique, mais il les ignora pour enfouir son nez dans les boucles et déposer des baisers çà et là. Linc se déplaça sous lui et Jonah le tint par les épaules, laissant alors ses dents venir jouer avec des petits mordillements. À chaque fois que Linc prenait une inspiration rapide, Jonah durcissait un peu plus, l'idée qu'il donnait un tel plaisir à son amant était incroyablement enivrante. Quand il ferma finalement les lèvres sur un mamelon et le suça, Linc grogna et le sexe de Jonah tressauta.

Quand il eut savouré tous les recoins du torse de Linc, il se mit à ouvrir sa ceinture et défaire sa braguette. Le parfum musqué lui donna l'eau à la bouche et il retira rapidement le jean, le caleçon et les chaussettes de Linc avant de les jeter au sol. Il songea à se déshabiller également – son jean pressait douloureusement son érection –, mais il était étrangement érotique d'être totalement habillé pendant que Linc était nu, à l'exception de sa chemise encore sur ses bras. Jonah regarda le pied de Linc et l'embrassa, remontant ses jambes fermes avec des baisers, passant de l'une à l'autre en léchant ou mordillant, selon son envie. Il découvrit que l'intérieur de ses genoux était chatouilleux, mais n'en profita pas pour le moment, il gardait cette découverte pour plus tard. Quand il se rapprocha de la jonction entre les jambes de Linc, les gémissements de son amant se firent plus constants. Il était si tentant de fermer les lèvres sur l'érection devant lui, mais il avait tout un autre côté qui attendait d'être exploré, alors il se contenta d'embrasser rapidement le bout avant de forcer Linc à se retourner.

Linc grogna mais obéit, se dressant sur ses genoux pour ne pas être écrasé contre le matelas. Jonah fit passer ses bras un par un dans les manches de la chemise, puis la jeta sur la pile de vêtements au sol. Linc lui jeta un regard suppliant par-dessus son épaule avant de se poser contre les coussins. Jonah passa plusieurs agréables minutes à embrasser les bras bronzés de Linc, puis reporta son attention sur les muscles puissants de ses épaules et de son dos. Il mordilla le long de son échine, retraça chaque côte de sa langue. Quand il arriva aux fesses fermes de Linc, ce dernier se redressa sur ses coudes.

— Aie pitié, tu es en train de me tuer.

— Roule sur ton dos, lui ordonna Jonah d'une voix rauque.

Une goutte de liquide coula sur le sexe de Linc et Jonah la lécha, goûtant sa saveur salée. Il commença à faire glisser la longueur dans sa bouche, mais Linc l'arrêta, une main sur l'épaule.

— Je suis trop près de jouir pour ça. Dis-moi que tu as un préservatif ?

— On en a besoin ?

— Je sais que tu n'as été avec personne avant moi, et j'ai toujours utilisé des protections, mais je veux qu'on soit testés avant de faire sans.

Linc l'embrassa tendrement pour mieux faire passer ses paroles.

Jonah se débattit avec son porte-feuille et sortit celui que Wes lui avait donné.

— Je suis venu préparé.

Linc pouffa.

— J'imagine que tu n'as pas de lubrifiant avec ça ?

Jonah regarda l'emballage.

— Ça dit qu'il est déjà lubrifié.

— Ça n'aidera pas à me préparer.

Jonah cligna des yeux, un peu surpris de voir qu'il lui semblait si logique qu'il serait dessus cette fois.

Linc sembla lire sa surprise, parce que son sourire s'élargit.

— Tout, tu te souviens ?

— Tu n'as pas de lubrifiant ?

— Je ne suis pas parti de Dallas dans l'espoir de te faire l'amour, lui rappela Linc. Je ne me promène en général pas avec du lubrifiant dans ma poche, quoique je devrais commencer à le faire.

Jonah fronça les sourcils et Linc l'embrassa.

— Déshabille-toi le temps que je vois ce que je trouve.

Il se leva du lit et une fois encore, Jonah admira ses fesses pendant qu'il se dirigeait vers la salle de bain. Ne s'était-il vraiment passé qu'une journée et demie depuis leur première fois ?

Il se déshabilla rapidement et jeta ses vêtements de côté alors que Linc revenait, une petite bouteille à la main.

— Lubrifiant ? demanda-t-il expressément.

— De la crème pour les mains.

Il jeta la bouteille vers Jonah.

— Ça marchera ? demanda Jonah, incertain.

— Ce n'est pas ma première chevauchée, mon cœur. Ça ne sera pas aussi bien que de l'Astroglide, mais ça fera l'affaire. Maintenant viens me préparer.

Jonah tenta de se souvenir ce que Linc lui avait fait, même si son amant dut guider ses doigts une fois ceux-ci couverts de crème. Quand Linc lui assura qu'il était prêt, Jonah enfila le préservatif sur son érection et s'agenouilla entre les genoux de Linc.

Linc passa un oreiller sous son dos et pressa Jonah en avant.

— Vas-y doucement.

La sensation de se lier à Linc était plus incroyable que tout ce que Jonah avait jamais ressenti. Il poussa aussi lentement qu'il le put, avec les murmures appréciateurs de Linc pour l'encourager. Quand il fut entièrement en lui, il se pencha pour embrasser passionnément Linc, aussi intimement liés que deux personnes pouvaient l'être. Linc poussa contre lui, et après quelques coups de reins, Jonah sentit qu'il était proche. Il tenta de se retenir, mais l'orgasme l'envahit, le laissant tremblant contre le torse de Linc. Quand il reprit son souffle, il tenta de s'écarter, mais Linc le maintint en place et fit passer leurs mains jointes vers son érection. Il ne fallut que quelques gestes pour que Linc le rejoigne dans l'orgasme.

— On n'aurait pas dû jouir ensemble ? demanda Jonah une fois recroquevillé contre le torse de Linc, nettoyés et le préservatif jeté.

— Seulement si tu veux devenir fou.

Linc lui embrassa la tempe.

— Tant qu'on est tous les deux satisfaits, quelle différence ça fait, qui jouit en premier ?

— Je pense quand même que j'aurais dû tenir plus longtemps.

— On a le reste de notre vie pour apprendre à faire ça, lui rappela Linc.

Jonah joua avec la bague que Linc avait placée à son doigt.

— Le reste de notre vie… ça a l'air pas mal.

— En parlant de ça, dit Linc, la poitrine tremblante contre l'oreille de Linc. On devrait commencer à réfléchir au type de mariage que tu veux.

— On ne pourrait pas juste s'enfuir ? suggéra Jonah.

L'idée de devoir endurer une grande fête le terrifiait un peu, même s'il le ferait si c'était ce que Linc voulait.

— T'ai-je déjà dit à quel point tu es parfait ?

Linc se dressa sur un coude pour l'embrasser.

— La description qu'Eloise fait de ce cirque qu'elle pense obligatoire pour un « mariage Courtwright convenable » me fait trembler.

— Elle va poser problème ?

Linc haussa les épaules.

— Je lui ai rappelé hier que mon père m'a laissé Broken Spoke, et pas à elle, et qu'elle pouvait accepter que je t'épouse ou se trouver un autre endroit où vivre. Elle n'était pas ravie, mais je ne la vois pas déménager.

— Je serais tout aussi heureux de simplement signer le certificat à la mairie, dit Jonah. J'aimerais demander à Wes, Sammy et Aidan de venir, mais je n'ai besoin de personne d'autre à part Caylee.

— Et tes parents ? demanda gentiment Linc.

Jonah secoua la tête.

— Ma mère n'est pas prête à l'accepter. J'espère qu'elle le sera, un jour, mais pour le moment, je pense qu'il vaut mieux le leur dire après coup.

— Nous ferons les papiers dès que nous arriverons à Dallas demain, dit Linc. J'aimerais que Ford soit mon témoin, mais je peux l'appeler et lui dire de nous rejoindre jeudi.

— Jeudi ? Pourquoi pas demain ?

— Le Texas exige soixante-douze heures d'attente.

Linc semblait presque aussi déçu que Jonah.

— On pourra retourner au ranch quand on aura les papiers, mais à moins que tu préfères te marier là-bas, je préférerais aussi l'annoncer à Eloise après coup.

— Ça sera plus facile pour Wes, Sammy et Aidan si on reste à Dallas.

Linc prit son visage entre ses mains et le tira dans un long baiser tendre pour sceller leur décision.

— Au moins on n'a pas menti à tes parents, dit Linc après avoir relâché les lèvres de Jonah. On a des affaires qui ne peuvent attendre un jour de plus.

— J'espère juste que ça ne dérange pas Caylee de devoir rester dans ma maison jusqu'à jeudi.

— Si elle n'y est pas à l'aise, on lui prendra un hôtel non loin, parce que tu n'iras dormir nulle part ailleurs que chez moi.

Jonah ne pouvait imaginer quelque chose de plus merveilleux.

— Devrais-je mettre mon réveil ?

Linc sourit.

— Tu ferais mieux. J'ai l'intention de te faire à nouveau l'amour avant qu'on prenne notre douche, et ensemble, cette fois. Je ne vais pas prendre le risque que tu te sauves à nouveau.

— Je n'y pense même pas, lui assura Jonah.

— Bien, parce que je suis certain que je peux encore t'apprendre deux ou trois trucs.

Épilogue

Huit mois plus tard

— **COMMENT** va la petite princesse aujourd'hui ? demanda Linc quand Caylee descendit avec Jolynn après son repas.

— Prête à ce que tu lui fasses faire son rôt.

Caylee lui tendit la petite avec un sourire.

— Tu es de corvée de baby-sitting aujourd'hui ? demanda-t-elle.

— Jonah devra me relever bientôt, et comme Eloise n'est pas là pour la demander, j'ai pensé que je pourrais avoir mes câlins tout de suite. Je jure que cette femme ne pourrait pas aimer Jolynn plus que ça même si c'était sa propre petite fille.

Linc plaça le bébé sur son épaule et lui tapota doucement le dos.

— Quelle gentille fille ! fredonna-t-il quand elle émit un rôt bruyant. Ford et moi allons à Lubbock cet après-midi pour regarder quelques taureaux reproducteurs.

Jonah sortit la tête de sous le bureau, où il tentait de brancher le nouvel ordinateur qu'il avait acheté pour leur bureau à la maison.

— Je crois que c'est bon. Laisse-moi vérifier si ça fonctionne, et je pourrai la prendre.

— Assure-toi que tout est parfait avant, dit Linc en faisant doucement tressauter Jolynn, ce qui la fit glousser de bonheur. Tu auras tout le reste de l'après-midi avec elle.

— Je serai de l'après-midi toute la semaine à la clinique vétérinaire, de treize à dix-huit heures. Dis à Wes qu'il n'a pas le droit de servir le dîner avant mon retour, ou Ford mangera tout avant que je puisse en profiter, se plaignit Caylee.

— Ai-je entendu quelqu'un dire du mal de moi ?

Ford entra par la porte de la cuisine.

— Salut, Caylee. Hé toi, mon petit bout de choux. Tu es plus mignonne qu'un tas de chiots.

Il se pencha pour faire des visages rigolos à Jolynn, qui rota à nouveau.

Linc pouffa.

— Tu es si doué avec les femmes.

Ford ignora les moqueries.

— Où est Wes, d'ailleurs ? demanda-t-il. Je pensais qu'il serait déjà là.

— Il est parti en ville prendre les ingrédients dont il avait besoin…

Jonah avait à peine parlé que la porte d'entrée s'ouvrit et que Wes entra, portant des sacs qui masquaient son visage, seuls ses cheveux colorés dans diverses teintes de vert étaient visibles.

— En parlant du loup…

— Salut, mon petit mignon, ronronna Ford.

Il prit les sacs des bras de Wes et révéla un tee-shirt qui l'invitait à « rouler un patin au chef ».

— Salut, grand blond séduisant. Mets ça sur le comptoir pour moi, veux-tu ?

Wes reluqua les fesses de Ford et fit un clin d'œil à Jonah avant de le suivre dans la cuisine.

Linc secoua la tête et Jonah se pencha pour chatouiller les pieds nus de Jolynn.

— J'ai pris le courrier tout à l'heure, Cay. Il y a un paquet pour toi de Tarleton State.

— Bien ! Ce doit être la liste des cours pour le semestre cet hiver.

Elle prit l'épaisse enveloppe des mains de Jonah et la glissa dans son sac.

— Je regarderai pendant ma pause.

— Eli sera heureux que quelqu'un l'aide avec les vaccinations cet automne, fit remarquer Linc en donnant Jolynn à Jonah.

— Il sera heureux d'avoir une excuse pour passer du temps avec Caylee, le corrigea Jonah avant de rire devant les joues rouges de la jeune femme.

— Ne commence pas à jouer les entremetteurs, Jonah Hollis-Courtwright, le prévint-elle. Je renonce aux hommes jusqu'à ce que j'aie mon diplôme d'assistante vétérinaire. Et puis, si Linc et toi voulez votre propre enfant, il sera plus facile que je ne sois pas en couple.

— Profitons déjà de cette petite avant de penser à chercher une mère porteuse, dit Linc. Et puis, tu as besoin de temps pour prendre soin de toi. On parle d'un autre enfant, pas d'un vêlage.

Il prit la main de Caylee.

— Je ne veux pas que tu te sentes obligée.

Caylee serra sa main à son tour.

— Demande à Jonah si j'ai déjà fait une chose que je ne voulais pas faire. Quand tu penseras être prêt, je le ferai, parce que je vous aime.

Linc tira Caylee dans ses bras et elle lui embrassa la joue.

— Je ferais mieux d'y aller. Répète à Wes ce que j'ai dit pour le dîner !

— Sois prudente au volant de ton tas de ferraille, dit Jonah avant de serrer Caylee dans ses bras, qui partit ensuite au travail.

— Alors, on mange quoi ce soir ? demanda Linc quand Wes et Ford sortirent de la cuisine.

Si les cheveux de Wes étaient encore plus ébouriffés qu'à leur habitude, personne n'en fit pourtant de remarque.

— Côtelettes à la coréenne avec de la sauce kalbi, kimchi et japchae.

Jonah fit un petit bruit appréciateur et Ford gémit.

— Tu es prêt, patron ? Plus tôt on partira, plus tôt on pourra rentrer et manger.

— Je te rejoins tout de suite.

Linc prit Jonah dans ses bras en prenant soin de ne pas écraser la petite, puis l'embrassa tendrement.

— Ne travaille pas trop.

— Quand Jolynn fera sa sieste, je brancherai l'imprimante et je m'attaquerai aux nouveaux contrats pour le second trimestre. Avec la chute du prix du pétrole et du gaz, j'ai pensé qu'on pourrait peut-être aussi se lancer dans les éoliennes. La crête à l'ouest serait parfaite pour en placer quelques-unes.

— Te laisser t'occuper de tout ce qui concerne les énergies a été la meilleure décision de ma vie.

Linc l'embrassa à nouveau.

— Enfin, après ma décision de t'épouser, bien sûr.

— Je ne peux pas te contredire sur ça.

Jonah lui claqua la fesse.

— Va acheter quelques taureaux.

— Dès que Ford arrivera à se libérer, dit Linc avec moquerie en regardant son contremaître s'écarter du baiser qu'il échangeait avec Wes.

— Jonah et toi donnez une telle image de la vie maritale, je songe à tester ça moi aussi, dit Ford en haussant les épaules. Et puis, tu as déjà goûté à sa cuisine !

— Pour gagner le cœur d'un homme, il faut passer par son estomac… dit Wes en imitant la voix traînante de Ford.

Linc sourit.

— Je devrais donc commencer à songer à investir dans un restaurant.

— Comme le Y. O. Ranch ! dit Jonah. Et Aidan pourra le construire, et Sammy pourra faire les graphismes des cartes et du site Internet.

— Vous pourrez commencer à y réfléchir quand on sera partis.

Linc réclamait un dernier baiser quand la voix d'Eloise s'éleva depuis le couloir qui menait à l'autre côté de la maison.

— Wesley est ici ? J'ai trouvé quelque chose de fascinant !

— Quoi donc, Eloise ? lança Wes.

— Regarde ça.

Elle posa son iPod sur la table et montra quelque chose.

— Le *Linnet* est parti de Plymouth pour Boston en 1638. Regarde la liste des passagers. Arthur Edward Courtwright et sa famille…

— Et Silas Paterson ! fanfaronna Wes.

— Qu'est-ce que ça veut dire ? demanda Ford, perplexe.

— Nos ancêtres sont arrivés en Amérique ensemble !

Eloise semblait plus ravie que Jonah ne l'avait jamais vue.

— On est presque de la même famille ! déclara Wes en la prenant dans ses bras.

Jonah ne put que sourire.

— Je n'aurais jamais cru voir ça un jour, dit-il à Linc, heureux.

— La meilleure des familles, c'est celle qu'on se choisit, dit Linc. Et on a très bien choisi, pas vrai, mon cœur ?